Devoradores de Mortos

MICHAEL CRICHTON

DEVORADORES DE MORTOS

O manuscrito de Ibn Fadlan, relatando suas experiências com os nórdicos em 922

Tradução de GILSON B. SOARES

Coleção L&PM POCKET, vol. 715

Título original: *Eaters of the Dead*
Publicado pela Editora Rocco em formato 14 x 21cm em 1998

Este livro foi publicado mediante acordo de parceria entre a Editora Rocco e a L&PM
    Editores exclusivo para a Coleção L&PM Pocket
Primeira edição na Coleção **L&PM** POCKET: agosto de 2008
Esta reimpressão: junho de 2011

Tradução: Gilson B. Soares
Capa: Marco Cena
Preparação de original: João Caetano Monteiro de Araújo
Revisão: Eduardo Lanius e Bianca Pasqualini

CIP-Brasil. Catalogação-na-Fonte
Sindicato Nacional dos Editores de Livros, RJ

C946d   Crichton, Michael, 1942-
        Devoradores de mortos : o manuscrito de Ibn Fadlan, relatando suas
    experiências com os nórdicos em 922 / Michael Crichton ; tradução Gilson
    B. Soares. – Porto Alegre, RS : L&PM ; Rio de Janeiro : Rocco, 2011.
    184p. – (L&PM POCKET ; v.715)

    Tradução de: *Eaters of the dead*
    ISBN 978-85-254-1784-8

    1. Ibn Fadlan, Ahmad, fl. 922 - Ficção. 2. Ficção americana. I. Soares,
Gilson Batista. II. Título. III. Série.

08-2594.   CDD: 813
                                                 CDU: 821.111(73)-3

© 1976 by Michael Crichton
Direitos de edição da obra em língua portuguesa no Brasil adquiridos pela Editora Rocco
Ltda. Todos os direitos reservados.

EDITORA ROCCO LTDA
Av. Pres. Wilson, 231 / 8º andar – 20030-021
Rio de Janeiro – RJ – Brasil / Fone: 21.3525.2000 – Fax: 21.3525.2001
email: rocco@rocco.com.br
www.rocco.com.br

L&PM Editores
Rua Comendador Coruja, 314, loja 9 – Floresta – 90220-180
Porto Alegre – RS – Brasil / Fone: 51.3225.5777 – Fax: 51.3221.5380
PEDIDOS & DEPTO. COMERCIAL: vendas@lpm.com.br
FALE CONOSCO: info@lpm.com.br
www.lpm.com.br

Impresso no Brasil
Outono de 2011

O nome do *wendol* é muito antigo, tão velho quanto quaisquer dos povos do país do Norte, e quer dizer "a névoa negra". Para os nórdicos, significa uma névoa que traz, sob a cobertura da noite, demônios negros que assassinam, matam e comem a carne dos seres humanos. Os demônios são peludos e repulsivos ao toque e ao cheiro; são ferozes e astutos; não falam a língua de nenhum homem e ainda assim conversam entre si; chegam com a bruma da noite e desaparecem de dia – para onde nenhum homem ousava seguir.

Para William Howells

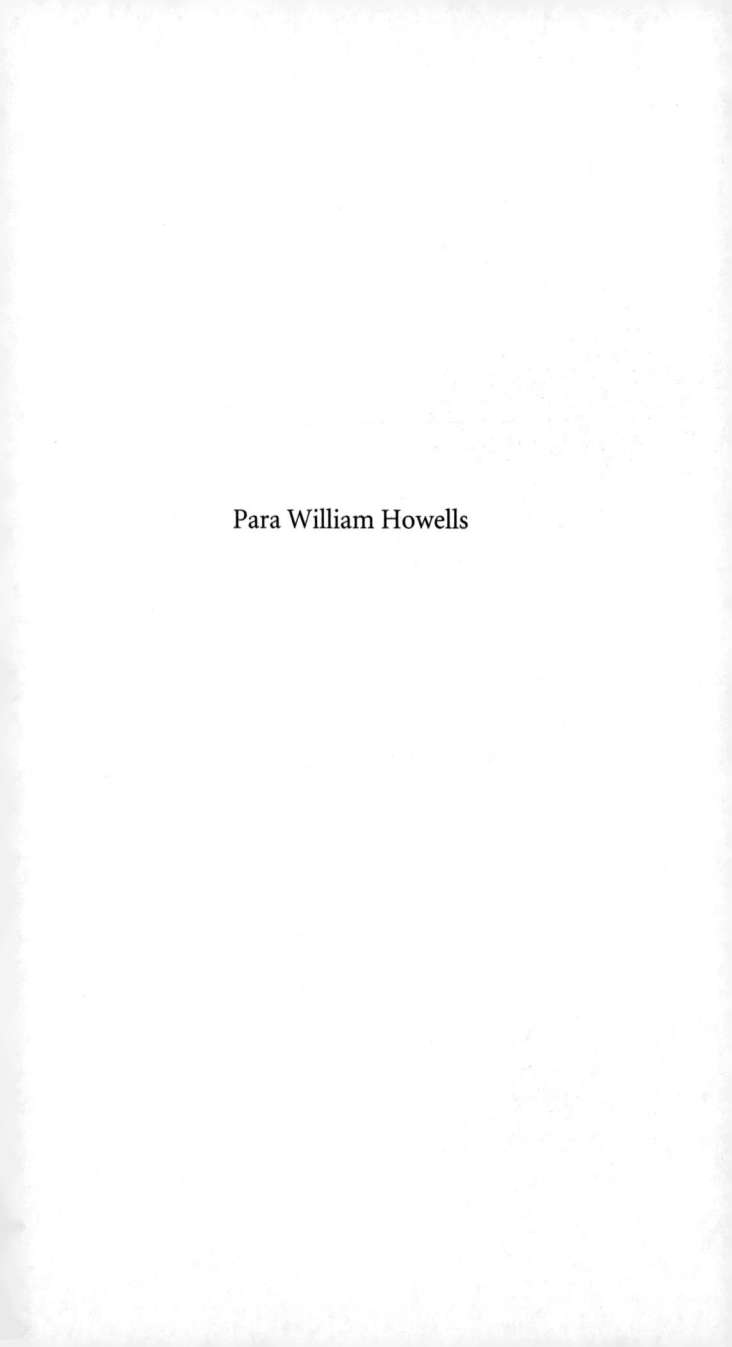

"Não louve o dia até que venha a noite; uma mulher até que ela seja queimada; uma espada até que seja testada; uma donzela até que tenha casado; o gelo até que tenha sido transposto; a cerveja até que tenha sido bebida."

Provérbio Viking

"O mal vem de longa data."

Provérbio Árabe

INTRODUÇÃO

O MANUSCRITO DE IBN FADLAN representa o mais antigo relato conhecido de uma testemunha ocular da vida e da sociedade viking. É um documento extraordinário, que descreve em vívidos detalhes acontecimentos ocorridos há mais de mil anos. Claro que o manuscrito não sobreviveu incólume a este enorme espaço de tempo. Tem uma história peculiar exclusiva, tão notável quanto o próprio texto.

PROCEDÊNCIA DO MANUSCRITO

Em junho de 921, o califa de Bagdá enviou um membro de sua corte, Ahmad Ibn Fadlan, como embaixador ao rei dos búlgaros. Ibn Fadlan passou três anos em sua jornada e na verdade nunca chegou a levar a cabo a missão, pois ao longo do caminho encontrou um grupo de nórdicos e teve muitas aventuras junto a eles.

Quando por fim regressou a Bagdá, Ibn Fadlan registrou suas experiências na forma de um relatório oficial para a corte. Aquele manuscrito original há muito desapareceu, e para reconstituí-lo devemos contar com fragmentos parciais preservados em fontes posteriores.

A mais conhecida dessas fontes é um léxico geográfico escrito por Yakut ibn-Abdallah em alguma época do século XIII. Yakut inclui literalmente uma dúzia de passagens do relato de Ibn Fadlan, já antigo de trezentos anos na ocasião.

Deve-se presumir que Yakut trabalhou a partir de uma cópia do original.

Não obstante, estes poucos parágrafos foram infinitamente traduzidos e retraduzidos por eruditos que se seguiram.

Outro fragmento foi descoberto na Rússia em 1817 e publicado na Alemanha pela Academia de São Petersburgo em 1823. Este material inclui certas passagens publicadas anteriormente por J. L. Rasmussen em 1814. Rasmussen trabalhou a partir de um manuscrito que descobriu em Copenhague, posteriormente extraviado, e de origem duvidosa. Nessa ocasião existiam também traduções do sueco, do francês e do inglês, mas todas notoriamente inexatas e parecendo não incluir qualquer material novo.

Em 1878, dois novos manuscritos foram descobertos na coleção particular de antiguidades de sir John Emerson, embaixador britânico em Constantinopla. Sir John foi aparentemente um daqueles colecionadores ávidos cujo zelo pela aquisição superava seu interesse pelo próprio artigo adquirido. Os manuscritos foram descobertos após sua morte; não se sabe onde ele os obteve, ou quando.

Um deles é um estudo geográfico em árabe de autoria de Ahmad Tusi, confiadamente datado de 1047. Isto torna o manuscrito Tusi cronologicamente mais próximo do que qualquer outro do original de Ibn Fadlan, o qual foi presumivelmente escrito por volta de 924-926. Ainda assim, o manuscrito Tusi é visto pelos eruditos como a menos confiável de todas as fontes; o texto está repleto de erros óbvios e inconsistências internas, e embora ele cite longamente um "Ibn Faqih" que visitou o país do Norte, muitas autoridades hesitam em aceitar esse material.

O segundo manuscrito é aquele de Amin Razi, datando mais ou menos de 1585-1595. Está escrito em latim e segundo seu autor é traduzido diretamente do texto árabe de Ibn Fadlan. O manuscrito Razi contém algum material sobre os turcos oguzes e várias passagens abordando batalhas contra os monstros da névoa, não encontradas em outras fontes.

Em 1934, um texto definitivo em latim medieval foi encontrado no mosteiro de Xymos, perto de Tessalonica, nordeste da Grécia. O manuscrito Xymos contém comentário adicional sobre as relações de Ibn Fadlan com o califa, e suas experiências com as criaturas do país do Norte. São incertos tanto o autor quanto a data do manuscrito Xymos.

A tarefa de cotejar estas muitas versões e traduções, distribuídas entre mais de mil anos e que aparecem em árabe, latim, alemão, francês, dinamarquês e inglês, é um empreendimento de proporções tremendas. Só uma pessoa de grande erudição e energia poderia tentá-la, e em 1951 uma tal pessoa o fez. Per Fraus-Dolus, professor *emeritus* de literatura comparada na Universidade de Oslo, Noruega, compilou todas as fontes conhecidas e deu início à hercúlea tarefa de tradução que o ocupou até sua morte em 1957. Trechos da sua nova tradução foram publicados nas *Atas do Museu Nacional de Oslo: 1959-1960,* mas nunca despertaram grande interesse acadêmico, devido talvez à circulação limitada da publicação.

A tradução Fraus-Dolus é totalmente literal; em sua própria introdução ao material, Fraus-Dolus assinalou que "está na natureza das línguas que uma bela tradução não seja acurada, e uma tradução acurada encontra sua própria beleza sem ajuda".

Ao preparar esta versão completa e comentada da tradução de Fraus-Dolus, tive de fazer poucas alterações. Suprimi algumas passagens repetitivas, que vão indicadas no texto. Alterei a estrutura dos parágrafos, iniciando cada réplica de diálogo com um novo parágrafo, segundo a convenção moderna. Omiti os sinais diacríticos nos nomes árabes. Finalmente, alterei vez por outra a sintaxe original, em geral invertendo orações subordinadas de modo a que o significado fosse assimilado com mais rapidez.

OS VIKINGS

A maneira como Ibn Fadlan retrata os vikings difere acentuadamente da visão tradicional desse povo pelos europeus. As primeiras descrições européias dos vikings foram registradas pelo clero; os sacerdotes eram os únicos observadores da época que sabiam escrever, e viam os pagãos nórdicos com um horror especial. Eis aqui uma passagem tipicamente hiperbólica, citada por D. M. Wilson, de um escritor irlandês do século XII:

> *Resumindo, embora houvesse uma centena de cabeças de ferro endurecidas como aço sobre um pescoço, e uma centena de línguas afiadas, vívidas, frias, jamais enferrujadas, impudentes, em cada cabeça, e uma centena de vozes tagarelas, estridentes, incessantes, de cada língua, elas não poderiam relatar ou narrar, enumerar ou dizer o que todos os irlandeses sofreram em comum, tanto homens quanto mulheres, leigos e clérigos, velhos e jovens, nobres e ignóbeis, das injúrias, sofrimentos e da opressão, em cada casa, por parte daquele povo valente, colérico e puramente pagão.*

Os estudiosos modernos reconhecem que tais relatos horripilantes dos ataques vikings são enormemente exagerados. Ainda assim, escritores europeus continuam com a tendência de menosprezar os escandinavos como bárbaros sanguinários, irrelevantes para o fluxo principal da cultura e das idéias ocidentais. Com freqüência isto tem sido feito à custa de uma certa lógica. Por exemplo, David Talbot Rice escreve:

> *De fato, do século VII ao XI o papel dos vikings teve talvez mais influência do que o de qualquer outro grupo étnico isolado na Europa ocidental. (...) Os vikings eram pois grandes viajantes e realizaram importantes proezas marítimas; suas cidades eram grandes centros de comércio; sua arte era original, criativa e influente; eles se orgulhavam de uma refinada literatura e de uma cultura desenvolvida. Foi*

verdadeiramente uma civilização? Deve-se admitir, acho, que não foi. (...) O toque de humanismo que é a marca de autenticidade da civilização estava ausente.

Esta mesma atitude reflete-se na opinião de lorde Clark:

Quando se consideram as sagas islandesas, que figuram entre os grandes livros do mundo, deve-se admitir que os nórdicos produziram uma cultura. Mas foi civilização? (...) Civilização significa algo mais que energia, vontade e poder criativo: coisa que os nórdicos não tinham conseguido, mas que, mesmo em sua época, começava a reaparecer na Europa ocidental Como posso defini-lo? Bem, muito resumidamente, como um senso de permanência. Os andarilhos e invasores viviam num contínuo estado de fluxo. Eles não sentiam a necessidade de olhar adiante além do próximo mês de março ou da próxima viagem ou da próxima batalha. E por essa razão não lhes ocorreu construir casas de pedra, ou escrever livros.

Por mais cuidadosamente que se leiam estas opiniões, mais ilógicas elas parecem. De fato, pode-se especular por que eruditos altamente educados e inteligentes se sentem tão à vontade para descartar os vikings com um simples aceno de passagem. E por que a preocupação com a questão semântica sobre se os vikings tiveram uma "civilização"? A situação só é explicável se for reconhecida uma propensão européia duradoura, originando-se das concepções tradicionais da pré-história européia.

Em cada escola ocidental aprende-se respeitosamente que o Oriente Próximo é o "berço da civilização", e que as primeiras civilizações surgiram no Egito e na Mesopotâmia, alimentadas pelo Nilo e pelas bacias fluviais do Tigre-Eufrates. Dali a civilização se espalhou até Creta e Grécia, e depois até Roma, e finalmente até os bárbaros da Europa setentrional.

O que faziam estes bárbaros enquanto esperavam a chegada da civilização, não se sabe; e nem a questão foi freqüentemente levantada. A ênfase baseia-se no processo de disseminação, o qual o falecido Gordon Childe resumiu como "a irradiação do barbarismo europeu pela civilização oriental". Estudiosos modernos apegaram-se a esta opinião, como fizeram antes deles os eruditos gregos e romanos. Geoffrey Bibby diz: "A história da Europa setentrional e oriental é vista a partir do Oeste e do Sul, com todas as preconcepções de homens que se consideravam civilizados avaliando homens a quem eles consideravam bárbaros."

A partir deste ponto de vista, os escandinavos são obviamente os mais distantes da fonte da civilização, e logicamente os últimos a adquiri-la; e portanto são vistos como os últimos dos bárbaros, um espinho incômodo ao lado daquelas outras áreas da Europa que tentavam absorver a sabedoria e a civilização do Oriente.

O problema é que esta visão tradicional da pré-história européia tem sido amplamente destruída nos últimos quinze anos. O desenvolvimento de técnicas acuradas de datação pelo carbono causou uma confusão na velha cronologia, que apoiava os antigos pontos de vista da difusão. Parece agora indiscutível que os europeus erigiam enormes tumbas megalíticas antes dos egípcios construírem as pirâmides; Stonehenge é mais antigo que a civilização da Grécia micênica; a metalurgia na Europa bem pode preceder o desenvolvimento das habilidades metaloplásticas na Grécia e em Tróia.

O significado dessas descobertas não foi ainda classificado, mas certamente é impossível agora enxergar os europeus pré-históricos como selvagens que aguardavam preguiçosamente as bênçãos da civilização oriental. Pelo contrário, os europeus parecem ter tido consideráveis habilidades de organização que lhes permitiram trabalhar pedras maciças, e parecem também ter tido impressionante conhecimento de astronomia para construir Stonehenge, o primeiro observatório do mundo.

Assim, a tendência européia na direção do Oriente civilizado deve ser questionada, e de fato o próprio conceito de "barbarismo europeu" requer uma revisão. Com isto em mente, aqueles bárbaros remanescentes, os vikings, assumem uma nova importância, e podemos reexaminar o que se sabe sobre os escandinavos do século X.

Primeiro deveríamos reconhecer que "os vikings" nunca formaram um grupo claramente unificado. O que os europeus viram eram grupos esparsos e distintos de marinheiros que vinham de uma vasta área geográfica – a Escandinávia é maior do que Portugal, Espanha e França juntos – e que navegaram de seus diferentes Estados feudais com o objetivo de comércio ou pirataria, ou ambos; os vikings faziam pouca distinção. Mas essa é uma tendência partilhada por muitos navegantes, dos gregos aos elisabetanos.

De fato, para um povo carente de civilização, que "não sentia a necessidade de olhar (...) além da próxima batalha", os vikings demonstraram um comportamento marcadamente uniforme e intencional. Como prova do amplo espectro da sua atividade comercial, moedas arábicas aparecem na Escandinávia já em 692. Durante os quatrocentos anos seguintes, os piratas-mascates vikings expandem-se até a Terra Nova, a oeste, até a Sicília e a Grécia, ao sul (na Grécia deixaram entalhes nos leões de Delos), e até os montes Urais da Rússia, a leste, onde seus mercadores associaram-se a caravanas que chegavam da rota da seda para a China. Os vikings não foram construtores de impérios, e é comum dizer que sua influência através desta vasta área foi transitória. Ainda assim, foi permanente o suficiente para batizar acidentes geográficos de muitas localidades na Inglaterra, enquanto que na Rússia eles deram o próprio nome da nação, derivado da tribo nórdica rus. No que se refere à influência mais sutil de seu vigor pagão, energia inflexível e sistema de valores, o manuscrito de Ibn Fadlan mostra-nos como muitas atitudes tipicamente nórdicas têm sido mantidas até os dias de hoje. De fato, existe alguma coisa admiravelmente familiar para a sensibilidade moderna acerca do modo de vida viking, e algo profundamente atraente.

SOBRE O AUTOR

Uma palavra deveria ser dita sobre Ibn Fadlan, homem que nos fala com voz tão nítida apesar de terem decorrido mais de mil anos e da filtragem feita por tradutores e transcritores de uma dúzia de tradições culturais e lingüísticas.

Quase nada sabemos a respeito de sua personalidade. Evidentemente era culto e, de acordo com seus feitos, não poderia ter sido muito velho. Ele declara explicitamente ser íntimo do califa, a quem não admira particularmente. (Não era o único, pois o califa al-Muqtadir foi deposto duas vezes e finalmente morto por seus próprios oficiais.)

Sobre a sociedade em que viveu, sabemos mais. No século X, Bagdá, a Cidade da Paz, era a cidade mais civilizada da Terra. Mais de um milhão de habitantes viviam entre suas famosas muralhas circulares. Bagdá era foco de agitação intelectual e comercial, dentro de um meio ambiente de extraordinária graça, elegância e esplendor. Havia jardins fragrantes, arvoredos umbrosos e frescos, e as riquezas acumuladas de um vasto império.

Os árabes de Bagdá eram muçulmanos e ferozmente dedicados à religião. Mas também se expunham a povos que pareciam, agiam e tinham crenças diferentes. Os árabes eram, de fato, o povo menos provinciano do mundo daquele tempo, e isto fez deles soberbos observadores das culturas estrangeiras.

O próprio Ibn Fadlan é claramente um homem observador e inteligente. Interessa-se tanto pelos detalhes da vida cotidiana quanto pelas crenças dos povos que encontra. Muito do que testemunhou atingiu-o como algo vulgar, obsceno e bárbaro, mas ele não perde muito tempo se indignando; uma vez expressa sua desaprovação, volta direto às suas imperturbáveis observações. E relata o que vê com extraordinária pouca condescendência.

Sua maneira de relatar pode ter parecido excêntrica às sensibilidades ocidentais; ele não conta uma história como estamos acostumados a ouvir. Tendemos a esquecer que nosso próprio senso dramático se origina de uma tradição oral – um vívido desempenho de um bardo diante de uma platéia que não raro devia estar inquieta e impaciente, ou então sonolenta após uma refeição pesada. Nossas histórias mais antigas, a *Ilíada*, *Beowulf*, *Canção de Rolando*, foram todas projetadas para ser interpretadas por cantores, cuja função principal e primeira obrigação era o entretenimento.

Mas Ibn Fadlan era um escritor, e seu intuito principal não era divertir. Nem tinha por fim enaltecer algum patrono na platéia, ou reforçar os mitos da sociedade em que vivia. Pelo contrário, ele era um embaixador apresentando um relatório; seu tom é o de um auditor fiscal, não o de um bardo; de um antropólogo, não de um dramaturgo. De fato, ele freqüentemente despreza os elementos mais empolgantes de sua narrativa para que não interfiram no seu relato claro e criterioso.

Às vezes, esta imparcialidade é tão irritante que falhamos em reconhecer nele o espectador extraordinário que realmente é. Por centenas de anos depois de Ibn Fadlan, a tradição entre os viajantes foi escrever crônicas irrefletidamente especulativas e fantasiosas das maravilhas estrangeiras – animais falantes, homens emplumados que voam, encontros com beemontes e unicórnios. Há não mais de duzentos anos, europeus sob outros aspectos sóbrios enchiam seus jornais com absurdos sobre babuínos africanos empenhados em guerra contra fazendeiros, e por aí vai.

Ibn Fadlan jamais especula. Cada palavra soa verdadeira, e o que quer que relate por ouvir dizer, ele é cuidadoso ao repassar. É igualmente cuidadoso em especificar quando ele é uma testemunha ocular: por isso usa sem parar a frase "vi com meus próprios olhos".

Finalizando, existe esta qualidade de veracidade absoluta que torna sua história tão horripilante. Pois seu encontro com os monstros da névoa, os "devoradores dos mortos", é narrado com a mesma atenção ao detalhe e o mesmo ceticismo cuidadoso que marcam os outros trechos do manuscrito.

De qualquer modo, o leitor pode julgar por si mesmo.

Devoradores de Mortos

A PARTIDA DA CIDADE DA PAZ

Louvado seja Deus, o misericordioso, o compassivo, o Senhor dos Dois Mundos, e bênção e paz sobre o Príncipe dos Profetas, nosso Senhor e Mestre Maomé, a quem Deus abençoa e preserva com paz permanente e contínua, e bênçãos até o Dia da Fé!

Este é o livro de Ahmad ibn-Fadlan, ibn-al-Abbas, ibn-Rasid, ibn-Hammad, um cliente de Muhammad ibn-Sulayman, o embaixador de al-Muqtadir junto ao rei dos saqalibas, no qual ele conta o que viu na terra dos turcos, dos hazars, dos saqalibas, dos baskirs, dos rus e dos nórdicos, as histórias de seus reis e o modo como eles agem em muitos afazeres de sua vida.

A carta de Yiltawar, rei dos saqalibas, alcançou o comandante dos Fiéis, al-Muqtadir. Ele pedia-lhe nesse particular que mandasse alguém que o instruísse em religião e o familiarizasse com as leis do Islã; que lhe construísse uma mesquita e erigisse um púlpito do qual levasse a cabo a missão de converter seu povo em todos os distritos do seu reino; e que também o aconselhasse na construção de fortificações e instalações de defesa. E ele implorava ao califa que fizesse essas coisas. O intermediário nesta questão era Dadir al-Hurami.

O comandante dos Fiéis, al-Muqtadir, como sabem muitos, não era um califa justo e forte, mas sim levado pelos agrados e discursos lisonjeiros de seus funcionários, que o faziam de tolo e zombavam enormemente dele pelas costas.

Eu não fazia parte desse grupo nem era especialmente estimado pelo califa, pela razão que se segue.

Na Cidade da Paz vivia um idoso mercador chamado ibn-Qarin, rico em todas as coisas mas carente de um coração generoso e de um amor ao próximo. Ele escondia seu ouro da mesma forma que sua jovem esposa, a qual ninguém jamais vira, mas que todos prenunciavam ser linda, além da imaginação. Certo dia, o califa enviou-me para entregar uma mensagem a ibn-Qarin. Apresentei-me na casa do mercador e tentei conseguir ingresso naquele lugar com minha carta e sinete. Até hoje desconheço o conteúdo da carta, mas isto não importa.

O mercador não estava em casa, tendo se ausentado a negócios; expliquei ao porteiro que tinha de esperar seu regresso, já que o califa me instruíra a entregar a mensagem pessoalmente nas mãos do mercador. O porteiro então me deixou entrar, operação que requereu algum tempo, pois a porta da casa tinha muitos ferrolhos, fechaduras, barras e trancas, como é comum em moradias de avarentos. Por fim, fui admitido e esperei o dia inteiro, faminto e sedento, mas nem um refresco sequer me foi oferecido pelos criados do mercador sovina.

No calor da tarde, quando tudo ao meu redor na casa estava quieto e os criados dormiam, também me senti modorrento. Então, vi à minha frente uma aparição de branco, uma mulher jovem e linda, a qual tomei como sendo a perfeita esposa vista algum dia por um homem. Ela não falou, mas conduziu-me com gestos até outro cômodo, trancando a porta. Diverti-me com ela no local, atividade na qual ela não precisava de estímulo, pois o marido era velho e sem dúvida negligente. Assim, a tarde passou rapidamente, até que ouvimos o dono da casa fazendo seu regresso. Imediatamente, a esposa pôs-se de pé e saiu, sem ter proferido uma palavra sequer na minha presença, e fui deixado a arrumar minhas roupas com alguma pressa.

Agora eu deveria ter ficado temeroso, por certo, se não fossem aquelas mesmas inúmeras fechaduras e trancas, que impediam a entrada do avarento em sua própria casa. Mesmo assim, o mercador ibn-Qarin encontrou-me no cômodo contíguo e olhou-me com suspeição, perguntando-me por que eu estaria ali e não no pátio, o lugar mais adequado para um mensageiro esperar. Respondi que estava fraco e faminto, e que estivera procurando por comida e sombra. Foi uma pobre desculpa e ele não acreditou; queixou-se ao califa, que sei que se divertia no íntimo e ainda assim era obrigado a adotar uma face severa para o público. Assim, quando o governante dos saqalibas solicitou ao califa uma missão, este mesmo rancoroso ibn-Qarin exigiu que eu fosse mandado, e assim fui.

Em nossa companhia estava o embaixador do rei dos saqalibas, chamado Abdallah ibn-Bastu al-Hazari, um homem tedioso e empolado que falava demais. Estavam também Takin al-Turki e Bars al-Saqlabi, ambos guias da jornada. Levávamos presentes para o governante, para sua esposa, seus filhos e seus generais. Também trazíamos certas drogas, que foram deixadas aos cuidados de Sausan al-Rasi. Esta era a nossa comitiva.

Partimos na quinta-feira, 11º dia do Safar do ano 309 (21 de junho de 921), da Cidade da Paz (Bagdá). Paramos um dia em Nahrawan, e dali seguimos rapidamente até alcançarmos al-Daskara, onde paramos por três dias. Depois viajamos sem quaisquer paradas, até chegarmos a Hulwan. Lá permanecemos dois dias. Dali fomos até Qirmisin, onde ficamos dois dias. Depois partimos e viajamos até alcançarmos Hamadan, onde permanecemos três dias. A seguir, fomos mais longe até Sawa, onde ficamos dois dias. Dali chegamos a Ray, onde permanecemos onze dias aguardando Ahmad ibn-Ali, o irmão de al-Rasi, porque ele estava em Huwar al-Ray. Depois fomos até Huwar al-Ray e permanecemos lá três dias.

Essa passagem dá o sabor das descrições de viagem de Ibn Fadlan. Talvez a quarta parte de todo o manuscrito esteja escrita desta forma, simplesmente listando os nomes de localidades e o número de dias passados em cada lugar. A maior parte desse material foi suprimida.
Evidentemente, a comitiva de Ibn Fadlan está viajando para o norte e, por fim, eles são obrigados a fazer uma parada para o inverno.

Nossa estada em Gurganiya foi enfadonha; ficamos lá alguns dias do mês de Ragab (novembro) e durante todos os meses de Saban, Ramadan e Sawwal. Nossa longa estada foi causada pelo frio e pela amargura. Na verdade, disseram-me que dois homens tinham levado camelos até as florestas para buscar lenha. Esqueceram porém de levar sílex e mechas, e assim dormiram a noite toda sem um fogo. Quando se levantaram na manhã seguinte, descobriram que os camelos tinham morrido congelados pelo frio.

Na verdade, eu podia ver a praça do mercado e as ruas de Gurganiya completamente desertas por causa do frio. Podia-se percorrer as ruas sem encontrar ninguém. Uma vez, quando saía do meu banho, entrei em casa e olhei para minha barba, que virara um torrão de gelo. Tive que degelá-la diante do fogo. Eu vivia noite e dia numa casa que ficava dentro de outra casa, na qual uma tenda turca de feltro estava armada, e eu mesmo me enrolava em muitas roupas e tapetes de pele. Mas, apesar disso tudo, minhas faces com freqüência se enterravam no travesseiro à noite.

Neste auge de frio, eu via que a terra às vezes forma grandes rachaduras, e uma imensa e velha árvore pode partir-se em duas metades por isso.

Em meados de Sawwal do ano 309 (fevereiro de 922), o tempo começou a mudar, o rio degelou e juntamos as coisas necessárias para a jornada. Compramos camelos turcos e botes feitos de couro de camelo, preparando-nos para os rios que teríamos de cruzar na terra dos turcos.

Armazenamos um suprimento de pão, painço e carne salgada para três meses. Nossos amigos na cidade nos instruíram a usar as roupas em camadas, tantas quanto fosse necessário. Eles pintavam as iminentes adversidades em termos tão assustadores que achávamos que estavam exagerando, mas, quando as sentimos na carne, vimos que a coisa era bem pior do que nos tinham dito.

Cada um de nós pôs um blusão, sobre este um casaco, sobre este um *tulup*, sobre este um *burka*, e um elmo de feltro com abertura somente para os olhos. Também tínhamos um único par de ceroulas com calças sobre elas, e calçados para andar em casa, e sobre estes um outro par de botas. Quando um de nós subisse num camelo, ele poderia não se mover por causa do peso das roupas.

O doutor em leis, o professor e os escudeiros que viajaram conosco desde Bagdá deixaram-nos agora, receando entrar neste novo território, de modo que eu, o embaixador, seu cunhado e dois escudeiros, Takin e Bars, prosseguimos.*

A caravana estava pronta para começar. Tomamos como guia um dos habitantes da cidade, cujo nome era Qlawus. Depois, confiando no Deus todo-poderoso e elevado, partimos na segunda-feira, terceiro dia do Dulqada do ano 309 (3 de março de 922), da cidade de Gurganiya.

Naquele mesmo dia, paramos no burgo chamado Zamgan, ou seja, a porta de entrada da terra dos turcos. Bem cedo na manhã seguinte, prosseguimos até Git. Tanta neve

---

* Através do manuscrito, Ibn Fadlan é inexato acerca do tamanho e composição de sua comitiva. Se esta aparente falta de cuidado reflete sua presunção de que o leitor conhece a composição da caravana, ou se é uma conseqüência de passagens perdidas do texto, não se pode dizer com certeza. As convenções sociais podem também ser um fator, pois Ibn Fadlan nunca declara que seu grupo é maior do que uns poucos indivíduos, quando na verdade supera uma centena ou mais de pessoas, e com o dobro de cavalos e camelos. Ibn Fadlan não conta – literalmente – escravos, servos e membros menores da caravana.

havia caído que os camelos afundavam nela até os joelhos; em conseqüência, fizemos uma parada de dois dias.

Depois nos apressamos direto para a terra dos turcos, sem encontrar ninguém na árida e nivelada estepe. Viajamos dez dias num frio cortante e sob contínuas tempestades de neve, em comparação com as quais o frio de Chwarezm parecia um dia de verão, de modo que esquecemos todos os nossos desconfortes anteriores e estivemos a ponto de desistir.

Um dia, quando enfrentávamos a mais selvagem temperatura baixa, o escudeiro Takin cavalgava a meu lado, tendo como companhia um dos turcos, que falava com ele na sua língua. Takin riu e me disse:

– Este turco está me dizendo: "O que nosso Senhor terá de nós? Ele está nos matando de frio. Se soubéssemos o que ele desejava, teríamos feito sua vontade."

Respondi:

– Diga-lhe que Ele só deseja que se diga: "Não existe nenhum Deus senão Alá."

O turco riu e respondeu:

– Se eu soubesse disso, diria.

Chegamos então a uma floresta onde havia uma enorme quantidade de madeira seca. Fizemos alto. Fogueiras foram acesas e nos aquecemos, tiramos nossas roupas e as estendemos para secar.

> *Aparentemente, a comitiva de Ibn Fadlan estava entrando numa região mais quente, pois ele não faz outras referências a frio intenso.*

Partimos outra vez. Viajamos diariamente da meia-noite até a hora da prece vespertina – acelerando mais a partir do meio-dia – e então parávamos. Quando havíamos viajado quinze noites desta maneira, chegamos a uma imensa montanha com muitas rochas enormes. Fontes jorram das rochas e a água se acumula em piscinas. A partir deste lugar, continuamos até alcançarmos uma tribo turca, que é chamada de oguz.

O COMPORTAMENTO DOS TURCOS OGUZES

Os oguzes são nômades e vivem em casas de feltro. Permanecem algum tempo em cada lugar e tornam a viajar. Suas moradas são colocadas aqui e ali de acordo com o costume nômade. Embora levem uma existência dura, eles são como asnos extraviados. Não têm vínculos religiosos com Deus. Nunca oram, mas em vez disso chamam seus líderes de Senhores. Quando um deles se aconselha com seu chefe sobre qualquer assunto, costuma dizer: "Ó Senhor, o que farei neste ou naquele assunto?"

Suas tarefas são baseadas em deliberação unicamente entre eles próprios. Eu os ouvi dizer "Não existe Deus senão Alá e Maomé é o profeta de Alá", mas eles falam assim para se aproximarem de quaisquer muçulmanos, não porque tenham fé.

O governante dos turcos oguzes é chamado *yabgu*. Esse é o nome do governante, e qualquer um que lidere uma tribo o usa. Seu subordinado é sempre chamado de *kudarkin*, e portanto cada subordinado a um chefe é chamado de *kudarkin*.

Os oguzes não se lavam após defecarem ou urinarem, nem se banham depois da ejaculação, ou em qualquer outra ocasião. Eles não querem saber de água, especialmente no inverno. Nenhum mercador ou outros maometanos podem fazer abluções em sua presença, exceto à noite, quando os turcos não estão vendo, porque eles ficam furiosos e dizem, "Este homem deseja pôr um encantamento em nós, pois está se imergindo na água", obrigando o incauto a pagar uma multa.

Nenhum maometano pode entrar no território turco até que um oguz concorde em ser seu anfitrião, com o qual ele fica e para o qual traz roupas da terra do Islã, e para sua esposa, pimenta, painço, passas e nozes. Quando o muçulmano se apresenta ao anfitrião, este monta uma tenda para ele e lhe traz um carneiro, de modo que o próprio hóspede faça o abate. Os turcos nunca abatem; eles golpeiam o carneiro na cabeça até matá-lo.

As mulheres oguzes nunca se velam na presença de seus próprios homens ou estranhos. Nem cobrem quaisquer partes de seu corpo na presença de qualquer pessoa. Um dia paramos na tenda de um turco, cuja mulher estava presente. Enquanto conversávamos, a mulher descobriu suas partes pudendas e coçou-as sob as vistas de todos nós. Cobrimos nossos rostos e dissemos: "Peço perdão a Deus." O marido riu e disse ao intérprete: "Diga-lhes que nos descobrimos na presença deles para que possam ver aquilo e ficarem envergonhados, mas que aquilo não é para ser alcançado. Isto é melhor do que a mulher se cobrir e ainda assim aquilo ser alcançado."

O adultério é desconhecido entre eles, que cortam em dois todo aquele que descobrem ser um adúltero. Isto é feito assim: eles unem os ramos de duas árvores, amarram o adúltero nos ramos, depois soltam ambos os ramos, de modo que o homem amarrado é rasgado em dois.

O hábito da pederastia é considerado um pecado terrível pelos turcos. Certa vez chegou um mercador para ficar com o clã do *kudarkin*. Este mercador permaneceu com seu anfitrião por uns tempos para comprar carneiros. O anfitrião tinha um filho imberbe, e o hóspede tentou incessantemente desencaminhá-lo, até que o jovem acedeu a seus desejos. Nisso, o anfitrião turco entrou e pegou os dois em *flagrante delicto*.

Os turcos quiseram matar o mercador e também o rapaz por este insulto. Mas, após muito implorar, o mercador conseguiu resgatar sua vida. Pagou ao anfitrião quatrocentos carneiros pelo que tinha feito ao filho dele, e depois partiu apressadamente da terra dos turcos.

Todos os turcos raspam suas barbas, só deixando os bigodes.

O casamento entre eles ocorre assim: um deles pede a mão de uma mulher pertencente a outra família, contra a entrega de determinado dote. O dote em geral consiste em camelos, animais de carga e outros itens. Ninguém pode tomar uma esposa até ter cumprido sua obrigação, sobre a qual tem de chegar a um entendimento com os homens da família. Se, contudo, ele a cumpriu, pode chegar sem qualquer cerimônia, entrar na tenda onde ela está, e tomá-la na presença do pai, mãe e irmãos sem que ninguém o impeça.

Se um homem com mulher e filhos morre, o filho mais velho toma a viúva como esposa, se ela não é sua mãe.

Se um turco que tenha escravos adoece, os escravos cuidam dele e ninguém da família pode se aproximar. Uma tenda é armada para o doente longe das outras, e dali ele não sai a não ser que morra ou fique curado. Se, contudo, ele é um escravo ou um homem pobre, é deixado no deserto enquanto os outros seguem seu caminho.

Quando morre um homem proeminente, cavam para ele uma grande cova em forma de uma casa e vão até o morto, vestem-no com um *qurtaq* com sua faixa de cintura e seu arco e põem em sua mão uma caneca de madeira com uma bebida inebriante. Pegam todos os seus bens e os colocam nesta casa. Depois acomodam nela também o defunto. Depois constroem outra casa sobre ele e fazem uma espécie de cúpula de barro.

Depois matam seus cavalos. Matam um ou duzentos, tantos quanto ele tenha, no local da sepultura. Depois comem a carne até a cabeça, os cascos, o couro e a cauda, penduram estas partes em postes de madeira e dizem: "Estes são os corcéis nos quais ele cavalga para o Paraíso."

Se ele foi um herói e matou inimigos, esculpem estátuas de madeira na mesma quantidade daqueles que matou, colocam-nas sobre a tumba e dizem: "Estes são os escudeiros que o servem no Paraíso."

Às vezes retardam a matança dos cavalos por um dia ou dois, e então um velho entre aqueles mais idosos os comove ao dizer: "Vi o falecido durante o sono e ele me disse: 'Aqui me vês. Meus companheiros me alcançaram e meus pés estavam fracos demais para segui-los. Não posso alcançá-los e portanto fiquei só.'" Neste caso, o povo sacrifica seus corcéis e pendura-os na tumba do morto. Após um ou dois dias, o mesmo ancião chega e diz: "Vi o falecido em sonho e ele disse: 'Diga a minha família que me recuperei das dificuldades.'"

Deste modo o ancião preserva os costumes dos oguzes, pois do contrário poderia haver um desejo dos vivos de ficar com os cavalos do morto.*

Por fim, viajamos pelo reino turco. Certa manhã, um dos turcos veio ao nosso encontro. Ele era feio na figura, sujo na aparência, desagradável nas maneiras, e torpe na natureza. Disse "alto!" e toda a caravana parou em obediência a seu comando. Então disse:

– Nenhum de vocês pode passar.

---

* Farzan, um inabalável admirador de Ibn Fadlan, acredita que este parágrafo revela "a sensibilidade de um antropólogo moderno, registrando não só os costumes de um povo, como também os mecanismos que atuam para impor aqueles costumes. O significado econômico de matar os cavalos de um líder nômade é o equivalente aproximado dos modernos impostos sobre herança; ou seja, tende a retardar o acúmulo de riqueza herdada numa família. Embora exigido pela religião, isto não teria sido uma prática popular, não mais do que é nos dias atuais. Ibn Fadlan, muito astutamente, demonstra a maneira como isto é imposto sobre o relutante".

— Somos amigos do *kudarkin* — respondemos. Ele começou a rir e replicou:

— Quem é o *kudarkin*? Eu defeco em sua barba.

Nenhum dentre nós soube o que fazer a estas palavras. Mas então o turco disse *"bekend"*, ou seja, "pão" na língua de Chwarezm. Dei-lhe umas poucas pilhas de pão árabe. Ele pegou-as e disse:

— Podem ir mais adiante. Eu me apiedo de vocês.

Chegamos ao distrito do comandante do exército, que se chamava Etrek ibn-al-Qatagan. Ele armou tendas turcas para nós e tivemos de ficar nelas. Ele próprio tinha um amplo estabelecimento, criados e amplos alojamentos. Empurrou-nos carneiros para que os abatêssemos, e pôs cavalos à nossa disposição para cavalgar. Os turcos falavam dele como o seu melhor cavaleiro, e na verdade eu vi um dia, quando apostava corrida conosco em seu cavalo. Um ganso passou voando sobre nós; ele retesou seu arco e então, sem deixar de conduzir o cavalo, disparou a flecha e derrubou o ganso.

Presenteei-o com um traje de Merv, um par de botas de couro vermelho, um casaco de brocado e cinco casacos de seda. Ele aceitou os presentes com vívidas palavras de louvor. Tirou o casaco de brocado que usava a fim de vestir os trajes de honra que eu acabara de lhe dar. Depois vi que a *qurtaq* que usava por baixo estava imunda e se desfazendo, mas era costume deles não remover a roupa de baixo até que ela se desintegrasse. Na verdade, ele também raspava toda a sua barba e até mesmo o bigode, de modo que parecia um eunuco. E ainda assim, pelo que observei, era o melhor cavaleiro dentre eles.

Eu acreditava que aqueles presentes finos conquistariam sua amizade, mas tal não aconteceu. Ele era um homem traiçoeiro.

Um dia, ele procurou os líderes que lhe eram mais chegados; ou seja, Tarhan, Yanal e Glyz. Tarhan era o mais influente deles: era aleijado e cego e tinha uma das mãos mutilada. Então disse a eles:

– Estes são os emissários do rei dos árabes ao chefe dos búlgaros, e eu não deveria deixá-los passar sem me aconselhar com vocês.

Então, Tarhan falou:

– Este é um assunto com que nunca nos deparamos. Nunca um embaixador do sultão viajou por nosso território desde que nós e nossos ancestrais estamos aqui. Desconfio que o sultão está nos pregando uma peça. Ele está realmente enviando estes homens para os hazars, a fim de instigá-los contra nós. O melhor é cortarmos esses embaixadores em dois e tomarmos tudo que eles têm.

Outro conselheiro disse:

– Não, deveríamos em vez disso tomar o que eles têm e abandoná-los nus, de modo que possam retornar para lá de onde vieram.

Um outro disse:

– Não, nós temos prisioneiros com o rei dos hazars, portanto temos que mandar esses homens para resgatá-los.

Continuaram a discutir o assunto por sete dias, enquanto estávamos numa situação similar à morte, até que concordaram em abrir a estrada e nos deixar passar. Demos a Tarhan, como vestimentas de honra, dois cafetãs de Merv, e também pimenta, painço e algumas pilhas de pão.

E seguimos em frente até que chegamos ao rio Bagindi. Lá, tiramos nossos barcos de pele, que tinham sido feitos de couro de camelo, e embarcamos as mercadorias trazidas nos camelos turcos. Quando cada um dos barcos estava cheio, um grupo de cinco, seis ou quatro homens se acomodou neles. Pegaram galhos de bétula e os usaram como remos. Continuaram remando enquanto a água carregava o barco corrente abaixo e o fazia rodopiar. Finalmente atravessamos. Quanto aos cavalos e camelos, eles vieram atravessando a nado.

Quando se atravessa um rio é absolutamente necessário que todo um grupo armado de guerreiros seja transportado antes de qualquer membro da caravana, a fim de estabelecer a vanguarda que previna ataques por parte dos baskirs enquanto o corpo principal cruza o rio.

Assim cruzamos o rio Bagindi, e depois o rio chamado Gam, da mesma maneira. Depois o Odil, depois o Adrn, depois o Wars, depois o Ahti, depois o Wbna. Todos esses são rios grandes.

Então chegamos à tribo dos pecenegs. Estavam acampados junto a um lago plácido como o mar. Eram um povo pardo-escuro e vigoroso, e os homens raspavam a barba. Eram pobres em comparação com os oguzes, pois vi homens entre os oguzes que eram donos de dez mil cavalos e cem mil carneiros. Mas os pecenegs eram pobres, e permanecemos apenas um dia com eles.

Retomamos caminho e chegamos ao rio Gayih. Este é o mais extenso, largo e mais rápido rio que vimos. Na verdade, vi como um barco de pele emborcou na correnteza e seus ocupantes se afogaram. Vários membros da caravana pereceram e boa quantidade de camelos e cavalos se afogou. Cruzamos o rio com dificuldade. Depois nos distanciamos mais uns poucos dias e cruzamos o rio Gaha, depois o rio Azhn, depois o Bagag, depois o Smur, depois o Knal, depois o Suh, e depois o rio Kiglu. Por fim, chegamos à terra dos baskirs.

O manuscrito Yakut contém uma curta descrição da estada de Ibn Fadlan entre os baskirs: muitos estudiosos questionam a autenticidade destas passagens. As descrições reais são estranhamente vagas e tediosas, consistindo principalmente em listas de chefes e nobres encontrados. O próprio Ibn Fadlan sugere que os baskirs não são dignos de maior atenção, uma afirmação que não é característica deste viajante inflexivelmente curioso.

Deixamos finalmente a terra dos baskirs e cruzamos o rio Germsan, o rio Urn, o rio Urm, depois o rio Wtig, o rio Nbasnh, depois o rio Gawsin. A distância entre os rios mencionados é de uma jornada de dois, três ou quatro dias em cada caso.

Então chegamos à terra dos búlgaros, que começa às margens do rio Volga.

PRIMEIRO CONTATO COM OS NÓRDICOS

Vi com meus próprios olhos como os nórdicos* tinham chegado com seus utensílios, montando seu acampamento ao longo do Volga. Nunca vi um povo tão gigantesco: eles eram altos como palmeiras, e de compleição ostentosa e corada. Não usavam batas nem cafetãs, mas os homens trajavam uma vestimenta de pano grosseiro, lançada sobre um dos ombros de modo a deixar livre uma das mãos.

Cada nórdico carrega um machado, uma adaga e uma espada, e nunca são vistos sem essas armas. As espadas são largas, com linhas onduladas, e de fabricação frâncica. Da ponta dos dedos ao pescoço, cada um dos homens é tatuado com figuras de árvores, seres viventes e outras coisas.

As mulheres carregam, atado aos seios, um pequeno estojo de ferro, cobre, prata ou ouro, de acordo com a riqueza ou recursos de seus maridos. Preso ao estojo usam um anel, e sobre este uma adaga, tudo amarrado aos seios. Em volta do pescoço usam correntes de ouro e prata.

São a raça mais imunda que Deus já criou. Não se limpam após a evacuação, nem se lavam após uma poluição noturna, não diferindo de asnos selvagens.

---

* Na verdade, a palavra que Ibn Fadlan usou aqui para eles foi "rus", o nome desta tribo específica de nórdicos. No texto, ele às vezes chama os escandinavos por seu nome tribal específico, outras vezes chama-os "varangianos" como um termo genérico. Os historiadores agora reservam o termo varangiano para os escandinavos mercenários a soldo do Império Bizantino. Para evitar confusão, empregamos o termo "nórdico" nesta tradução.

Eles chegam de seu próprio país, ancoram suas embarcações no Volga, que é um grande rio, e constroem amplas casas de madeira às suas margens. Em cada uma dessas casas vivem mais ou menos dez ou vinte pessoas. Cada homem tem um divã, onde se senta com as lindas garotas que tem para vender. É comum ele se divertir com uma delas enquanto um amigo fica olhando. Às vezes vários deles estarão assim empenhados ao mesmo tempo, cada qual à plena vista dos outros.

Vez por outra, um mercador irá a uma casa para comprar uma garota, e encontrará seu dono abraçado com ela, e ele não desistirá até que tenha satisfeito plenamente sua vontade; ninguém acha nada de extraordinário nisto.

Toda manhã uma garota escrava traz uma tina de água e a coloca diante do seu amo. Ele começa a lavar o rosto e as mãos, e depois o cabelo, penteando-o sobre o recipiente. A seguir, ele assoa o nariz e cospe na tina e, sem esquecer qualquer sujeira, junta tudo nesta água. Quando ele já terminou, a escrava carrega a tina de um para outro, até que cada um na casa tenha assoado o nariz e cuspido na tina, e lavado o rosto e o cabelo.

Este é o procedimento normal entre os nórdicos, como vi com meus próprios olhos. Contudo, à ocasião de nossa chegada, havia algum descontentamento entre o povo gigante, causado pelo seguinte:

Seu principal chefe, um homem chamado Wyglif, tinha caído doente, e fora isolado numa tenda para enfermos a uma certa distância do acampamento, com pão e água. Ninguém se aproximava ou falava com ele, ou visitava-o o tempo todo. Nenhum escravo o alimentava, pois os nórdicos acreditam que um homem deve se recuperar de qualquer doença de acordo com a sua própria energia. Muitos dentre eles acreditavam que Wyglif nunca voltaria para juntar-se aos demais no acampamento, mas que, em vez disso, morreria.

Agora, um do seu grupo, um jovem nobre chamado Buliwyf, fora escolhido para ser o novo líder, mas não aceitava enquanto o chefe enfermo continuasse vivo. Era esta a causa da inquietação por ocasião da nossa chegada. Embora também não houvesse sinal de pesar ou pranto entre o povo acampado no Volga.

Os nórdicos davam grande importância ao papel de anfitrião. Saudavam cada visitante com efusão e hospitalidade, muita comida e roupa, cabendo aos condes e nobres a honra da hospitalidade maior. A comitiva de nossa caravana foi trazida perante Buliwyf e uma grande festa nos foi oferecida. O próprio Buliwyf a presidiu, e pude ver que era um homem alto e forte, com pele, cabelo e barba de um branco puro. Possuía a postura de um líder.

Em reconhecimento à honra da festa, nossa comitiva deu uma demonstração de boas maneiras à mesa, embora a comida fosse desprezível e o estilo da festa contivesse grande desperdício de comida e bebida e muito riso e alegria. Era comum, em meio a este grosseiro banquete, que um conde se divertisse com uma escrava sob as vistas de seus pares.

Vendo isto, virei-me e disse:

– Peço perdão a Deus.

Os nórdicos riram muito do meu embaraço. Um deles traduziu para mim que eles acreditavam que Deus é benevolente com os prazeres desfrutados abertamente. Disse ele:

– Vocês, árabes, são que nem velhas; estremecem à visão da vida.

– Sou hóspede entre vocês – respondi –, e Alá me conduzirá à retidão.

Isto provocou mais risos, mas não sei por que deveriam tomar meu comentário como piada.

O costume nórdico reverencia a vida guerreira. Na verdade, estes homens enormes lutam continuamente; nunca estão em paz, nem entre eles mesmos nem em meio a tribos diferentes de sua espécie. Entoam canções sobre suas guerras e bravuras, e crêem que a morte de um guerreiro é a mais alta das honras.

No banquete de Buliwyf, um membro de seu clã interpretou uma canção de bravura e batalha que foi muito apreciada, embora pouco ouvida. A bebida forte dos nórdicos em breve os deixa como animais e asnos desgarrados; em meio à canção houve ejaculação e também combate mortal acerca de alguma disputa de bêbados entre dois guerreiros. O bardo não parou de cantar durante todos esses eventos. Na verdade, vi sangue espirrado bater em sua face; mesmo assim, ele limpou-o sem uma pausa sequer em seu canto.

Isto me deixou grandemente impressionado.

Agora acontecia que Buliwyf, bêbado como os demais, exigia que eu cantasse uma canção para eles, e era muito insistente. Não desejando enfurecê-lo, recitei do Corão, com o intérprete repetindo minhas palavras em sua língua nórdica. Não fui melhor recebido do que seu próprio menestrel, e mais tarde pedi perdão a Alá pelo tratamento dado às suas sagradas palavras e também pela tradução,* que senti ser descuidada, pois o próprio intérprete estava bêbado.

---

* Os árabes sempre se sentiram desconfortáveis acerca de se traduzir o Corão. Os primeiros xeiques sustentavam que o livro sagrado não podia ser traduzido, uma injunção evidentemente baseada em considerações religiosas. Mas qualquer um que tentou uma tradução concorda pela mais secular das razões: o árabe é por natureza uma lingua sucinta, e o Corão é composto como poesia e, por esse motivo, mais concentrado ainda. As dificuldades de se transmitir o significado literal – isto sem mencionar a graça e elegância do árabe original – têm levado os tradutores a prefaciar seu trabalho com longas e abjetas desculpas.

Ao mesmo tempo, o Islã é um ativo e expansivo veículo de pensamento, e o século X foi um dos seus períodos de pico de disseminação. Esta expansão, inevitavelmente, necessitou de traduções para uso dos novos convertidos e traduções foram feitas, mas nunca, felizmente, do ponto de vista dos árabes.

Permanecemos dois dias entre os nórdicos, e na manhã em que planejávamos partir, o intérprete nos disse que o chefe Wyglif tinha morrido. Procurei testemunhar o que aconteceu a seguir.

Primeiro, depuseram-no em sua tumba, sobre a qual foi erguido um teto, pelo período de dez dias,* até que tivessem completado o corte e costura de suas roupas. Também juntaram seus bens, dividindo-os em três partes. A primeira delas é da família; a segunda é gasta nos trajes que fazem, e com a terceira compram bebida forte, em preparação para o dia em que uma escrava decide se entregar à morte, sendo cremada junto com seu amo.

Para o consumo de vinho eles se entregam de uma maneira louca, bebendo dia e noite, como já contei. Não é raro alguém morrer de taça na mão.

A família de Wyglif perguntou a todas as escravas e aos escudeiros:

– Qual de vocês morrerá com ele?

Uma das garotas se ofereceu. A partir daí, ela não era mais livre; não lhe seria permitido voltar atrás.

A garota que se ofereceu foi então confiada a duas outras jovens, que a vigiariam, acompanhando-a aonde quer que ela fosse, e até, ocasionalmente, lavariam seus pés. As pessoas se ocupavam com o morto – cortando as roupas para ele e preparando o que mais fosse necessário. Durante todo esse período, a garota entregou-se aos prazeres da mesa, e estava animada e feliz.

Durante este tempo, Buliwyf, o nobre que seria o próximo rei ou chefe, encontrou um rival cujo nome era Thorkel. Eu não o conhecia, mas era feio e imundo, um homem escuro entre esta raça de rosado imaculado. Ele conspirava para ser o chefe. Eu soube de tudo isto pelo

---

* Só isso já era chocante para um observador árabe de clima quente. A prática muçulmana exigia enterro rápido, em geral no mesmo dia da morte, após uma curta cerimônia de prece e lavagem ritual.

intérprete, pois não houve nenhum sinal externo nos preparativos para o funeral de que algo não estivesse correndo de acordo com o costume.

Buliwyf não dirigiu pessoalmente os preparativos porque não pertencia à família de Wyglif, e a tradição manda que a família prepare o funeral. Buliwyf juntou-se à alegria e celebração geral sem assumir uma conduta régia, exceto durante os banquetes da noite, quando ocupava o assento alto reservado ao rei.

O modo de se sentar era o seguinte: quando um nórdico é verdadeiramente rei, senta-se à cabeceira da mesa, numa grande cadeira de pedra com braços também de pedra. Tal era a cadeira de Wyglif, mas Buliwyf não se sentava como um homem normal faria. Em vez disso, sentava-se sobre um dos braços, uma posição da qual cairia se bebesse demais ou risse excessivamente. Rezava o costume que ele não podia sentar na cadeira até que Wyglif estivesse enterrado.

Todo este tempo, Thorkel conspirava e conferenciava em meio aos outros condes. Vim a saber que suspeitavam que eu fosse feiticeiro ou bruxo, o que me afligiu muito. O intérprete, que não acreditava nessas histórias, contou-me que Thorkel acusava-me de ter causado a morte de Wyglif para que Buliwyf fosse o novo chefe; na verdade, porém, não tomei parte em nada disso.

Após alguns dias, tentei partir com minha comitiva formada por ibn Bastu, Takin e Bars, contudo os nórdicos não permitiram, dizendo-nos, com a ameaça das adagas que sempre carregavam, que devíamos ficar para o funeral. Então ficamos.

Quando chegou o dia em que Wyglif e a garota seriam entregues às chamas, seu navio fora puxado para a praia às margens do rio. Quatro calços de cantoneira feitos de bétula e outras madeiras tinham sido posicionados em volta da embarcação, bem como grandes figuras de madeira semelhantes a seres humanos.

Nesse meio-tempo, as pessoas começavam a andar para lá e para cá, pronunciando palavras que eu não entendia. A língua dos nórdicos é desagradável aos ouvidos e de difícil compreensão. O chefe morto, entrementes, jazia a certa distância de sua tumba, da qual o tinham retirado. A seguir trouxeram um divã, que foi colocado no navio e coberto com pano grego dourado e travesseiros do mesmo tecido. Chegou, então, uma velha enrugada, que eles chamavam de anjo da morte, e ela espalhou os pertences pessoais sobre o divã. Tinha sido ela a encarregada da costura das vestimentas e de todo o equipamento. Também cabia a ela matar a garota. Vi a velha com meus próprios olhos. Era escura, atarracada, com o semblante carrancudo.

Quando chegaram à sepultura, removeram o teto e estenderam o homem morto. Vi que se tornara quase preto, devido à friagem daquele país. Junto a ele na tumba haviam colocado bebida forte, frutas e um alaúde, que foram agora retirados. Exceto pela cor, o morto Wyglif não havia mudado.

Agora eu via Buliwyf e Thorkel de pé, lado a lado, dando uma grande demonstração de amizade durante a cerimônia fúnebre, e ainda assim era evidente que não havia sinceridade no que procuravam aparentar.

O rei morto Wyglif estava agora vestido de ceroulas, perneiras, botas e um cafetã de pano dourado, e na sua cabeça fora colocado um gorro também de pano dourado, adornado com preto. Depois ele foi carregado para uma tenda no navio; sentaram-no em um divã acolchoado, com travesseiros a apoiá-lo, e trouxeram bebida forte, frutas e manjericão, que dispuseram lado a lado com ele.

Depois trouxeram um cachorro, que cortaram em dois e lançaram dentro do navio. Estenderam todas as armas do morto ao lado dele e trouxeram dois cavalos, que tinham perseguido até ficarem gotejantes de suor, e então Buliwyf matou um com sua espada e Thorkel matou o segundo. Cortaram os animais em pedaços com as espadas e arremessaram os pedaços para dentro do navio. Buliwyf matou seu cavalo menos rapidamente, o que parecia ter alguma relevância para aqueles que observaram, mas não sei qual seria.

Dois bois foram trazidos, cortados em pedaços e lançados no navio. Finalmente trouxeram um galo e uma galinha; mataram-nos e jogaram-nos também dentro da nave.

Enquanto isso, a garota que se oferecera à morte caminhava para lá e para cá, entrando numa após outra das tendas ali armadas. O ocupante de cada tenda deitava-se com ela, dizendo: "Diga a seu amo que fiz isto somente por amor a ele."

Agora era o final da tarde. Eles levaram a jovem até um objeto que tinham construído, que parecia a moldura de uma porta. Ela apoiou os pés nas mãos estendidas dos homens, que a ergueram acima de sua altura. A jovem pronunciou algo em sua língua, depois do que a depuseram no chão. Em seguida tornaram a erguê-la, e ela fez como antes. Uma vez mais a colocaram no chão, para depois erguê-la uma terceira vez. Depois deram-lhe uma galinha, cuja cabeça ela cortou e jogou fora.

Perguntei ao intérprete o que ela fizera. Ele respondeu:

– Na primeira vez ela disse: "Vejam, agora estou vendo aqui meu pai e minha mãe"; na segunda vez disse: "Vejam, agora vejo todos os meus finados parentes sentados"; na terceira vez: "Vejam, eis meu amo, que está sentado no Paraíso. O Paraíso é tão lindo, tão verde! Com ele estão seus homens e garotos. Ele me chama, portanto levem-me a ele."

Depois a conduziram até o navio. Aqui ela tirou seus dois braceletes e entregou-os à velha que chamavam de anjo da morte, e ela estava pronta para matá-la. Também tirou as duas tornozeleiras e passou-as a duas copeiras, filhas do anjo da morte. Ergueram-na para o navio, mas ainda sem a deixarem entrar na tenda.

Agora os homens vieram com escudos e lanças, e entregaram-lhe uma taça de vinho, que ela pegou e esvaziou-a. O intérprete contou-me o que ela disse:
– "Com isto, eu me separo daqueles que me são caros."

Depois estenderam-lhe outra taça, que ela também pegou, iniciando uma extensa canção. A velha advertiu-a para esvaziar a taça sem mais delongas e entrar na tenda onde jazia seu amo.

A esta altura, me parecia que a garota ficara embriagada.* Ela fez como se fosse entrar na tenda, quando subitamente a bruxa agarrou-a pela cabeça e arrastou-a para dentro. Neste momento, os homens começaram a bater nos escudos com as hastes das lanças, a fim de abafar o barulho dos seus gritos, que poderiam aterrorizar as outras garotas, dissuadindo-as futuramente de buscar a morte ao lado de seus amos.

Seis homens seguiram-na para dentro da tenda e cada um deles teve relações carnais com ela. Depois a fizeram deitar ao lado do seu amo, enquanto dois deles a agarraram pelos pés e dois pelas mãos. A velha conhecida como anjo da morte agora dava um nó numa corda em volta do seu pescoço, e entregou as extremidades para dois homens puxarem. Depois, com uma adaga de lâmina larga, golpeou entre as costelas da jovem e arrancou a lâmina, enquanto os dois homens a enforcavam até a morte com a corda.

A parentela do finado Wyglif agora se aproximou e, pegando um pedaço de madeira incandescente, caminharam nus e de costas para o navio e atearam fogo à embarcação, sem dirigir sequer um olhar para ela. A pira funerária logo estava em chamas, e o navio, a tenda, o homem e a garota e tudo o mais explodiram num inferno flamejante de fogo.

---

* Ou possivelmente "transtornada". No manuscrito em latim lê-se *cerritus*, mas o árabe de Yakut diz "embriagada" ou "transtornada".

Ao meu lado, um dos nórdicos fez um comentário para o intérprete. Perguntei ao intérprete o que ele dissera, e tive como resposta:

— Vocês, árabes, devem ser um bando de idiotas. Vocês pegam seu mais amado e reverenciado homem e colocam-no no solo para ser devorado por vermes e coisas rastejantes. Nós, pelo contrário, o cremamos num piscar de olhos, para que ele instantaneamente, sem maiores delongas, entre no Paraíso.

E, na verdade, antes que se escoasse uma hora, navio, madeira e garota, junto com o homem, se transformaram em cinzas.

CONSEQÜÊNCIA DO FUNERAL DO NÓRDICO

ESSES ESCANDINAVOS não vêem motivo para tristeza na morte de qualquer homem. Um homem pobre ou escravo é uma questão indiferente para eles, e mesmo um chefe não provocará pesar ou lágrimas. Na mesma noite do funeral do chefe chamado Wyglif, houve uma grande festa nos salões do acampamento nórdico.

Ainda assim eu percebia que nem tudo ia bem entre estes bárbaros. Pedi conselho ao meu intérprete, que assim respondeu:

– Há o plano de Thorkel para ver você morrer e depois banir Buliwyf. Ele reuniu o apoio de alguns condes, mas há disputa em cada casa e cada alojamento.

Muito angustiado, falei:

– Não tenho nada a ver com este caso. Como agirei?

O intérprete disse que eu deveria fugir, se pudesse, mas se fosse capturado, isto seria a prova da minha culpa e eu seria tratado como um ladrão. Um ladrão recebe o seguinte tratamento: os nórdicos levam-no até uma árvore grossa, amarram uma corda forte em torno dele, enforcam-no e deixam-no pendurado até que se decomponha em pedaços pela ação do vento e da chuva.

Recordando também que eu escapara da morte por pouco nas mãos de ibn-al-Qatagan, preferi agir como tinha feito antes; ou seja, permaneci entre os nórdicos até que me fosse dada autorização para continuar minha jornada.

Perguntei ao intérprete se eu devia dar presentes a Buliwyf, e também a Thorkel, para favorecer minha partida. Ele disse que eu não podia dar presentes a eles, e que ainda não estava decidido quem seria o novo chefe. Depois disse que estaria definido em um dia e uma noite, não mais.

É verdade que entre esses nórdicos não há um meio estabelecido de escolha do novo chefe quando o antigo líder morre. A força dos braços conta bastante, bem como a lealdade dos guerreiros, condes e nobres. Em alguns casos não há sucessor definido para a liderança, e esta era uma de tais eventualidades. Meu intérprete disse que eu devia aguardar meu momento propício, e também orar. Foi o que fiz.

Depois, uma grande tempestade se abateu sobre as margens do rio Volga, uma tormenta que durou dois dias, com chuva impetuosa e ventos poderosos, e depois desta tempestade uma névoa fria se assentou no solo. Era densa e branca, e não se podia ver doze passos adiante.

Agora, estes mesmos guerreiros gigantes nórdicos, que devido à enormidade e força dos braços e cruel disposição nada tinham a temer neste mundo, ainda assim estes homens temiam a névoa que vinha com as tempestades.

Os homens desta raça sabem ocultar seu medo em alguns padecimentos, mesmo um do outro; os guerreiros riem e brincam exageradamente, e fazem irracional exibição de emoção despreocupada. Deste modo provam o contrário; na verdade, sua tentativa de disfarçar é infantil, de tão claramente eles fingem não ver a verdade. Mas, de fato, cada um e todos eles, através do acampamento, estão fazendo preces e sacrifícios de galos e galinhas. E se alguém pergunta o motivo do sacrifício, o nórdico dirá: "Faço sacrifício pela segurança da minha família distante"; ou dirá: "Faço sacrifício pelo sucesso dos meus negócios"; ou dirá: "Faço sacrifício em homenagem a este ou aquele membro falecido da minha família"; ou alegará muitas outras razões, e depois acrescentará: "E também para a névoa desaparecer."

Bem, considerei estranho um povo tão forte e belicoso recear alguma coisa enquanto simulava falta de temor; e de todos os motivos sensatos, a névoa parecia, no meu modo de pensar, grandemente inexplicável.

Falei com meu intérprete que um homem podia temer o vento, ou fulminantes tempestades de areia, ou inundações, ou o temor de terra, ou trovões e relâmpagos dentro do céu, pois essas coisas podiam ferir um homem ou matá-lo, ou destruir sua morada. Disse, ainda, que a neblina, ou névoa, não continha nenhuma ameaça danosa; na verdade, era a menor de qualquer forma de elementos alterados.

O intérprete respondeu-me que eu estava carecendo das crenças de um navegante. Ele disse que muitos marujos árabes concordavam com os nórdicos na questão do desconforto* dentro de um invólucro de névoa; por isso, também, ele disse que todos os homens do mar ficavam aflitos ante qualquer neblina ou nevoeiro, porque tal condição de tempo aumenta o perigo da viagem sobre as águas.

Eu disse que isto fazia sentido, mas não entendia o motivo para qualquer temor quando a névoa baixava sobre a terra e não sobre as águas. Ao que o intérprete replicou:

– O nevoeiro é sempre temido todas as vezes em que aparece.

Acrescentou que não fazia diferença, na terra ou na água, segundo a opinião dos nórdicos.

E depois ele me disse que os nórdicos, na verdade, não temiam tanto a névoa. Disse também que ele, como homem, não temia a névoa. Que ela era questão de somenos importância, ou de conseqüência insignificante, acrescentando:

– É como uma dor menor dentro da junta de um membro, que pode vir com a névoa, não muito importante, porém.

---

* É interessante que, tanto em latim quanto em árabe, é literalmente "doença".

Com isto vi que meu intérprete, tal como os outros, negava tudo que se relacionava à névoa, e aparentava indiferença.

Só que a névoa não se erguia, embora diminuísse e se tornasse tênue no fim do dia; o sol apareceu como um círculo no céu, mas também era tão fraco que eu podia olhar diretamente para sua luz.

Neste mesmo dia chegou um barco nórdico, trazendo um nobre de sua própria raça. Era um jovem de barba rala, e viajava com apenas uma pequena comitiva de escudeiros e escravos, sem qualquer mulher entre eles. Por isso acreditei que não fosse mercador, pois naquela região nórdica vendiam principalmente mulheres.

Este mesmo visitante atracou seu barco e ficou esperando a bordo até o cair da noite, e ninguém se aproximou dele ou saudou-o, embora fosse um estrangeiro à plena vista de todos. Meu intérprete disse:

— Ele é parente de Buliwyf, e será recepcionado no banquete da noite.

— Por que permanece no navio? – perguntei.

— Por causa da névoa – respondeu o intérprete. – É o costume ele permanecer à vista por muitas horas, de modo que todos possam vê-lo e saber que não é nenhum inimigo vindo da névoa.

O intérprete me disse isto com muita hesitação.

No banquete da noite, vi o rapaz entrar no salão, onde foi calorosamente recebido e com muita demonstração de surpresa; e muito especialmente por Buliwyf, que agia como se o jovem tivesse acabado de chegar, sem ter ficado esperando em seu navio durante horas. Após as várias saudações, o jovem fez um apaixonado discurso, o qual Buliwyf ouviu com raro interesse: ele não bebeu nem se divertiu com as jovens escravas, mas sim ouviu em silêncio o visitante, que falava em voz alta e dissonante. Ao fim do discurso, o rapaz parecia prestes a chorar, e deram-lhe uma taça de vinho.

Perguntei ao meu intérprete o que ele dissera. A resposta foi:

– Ele é Wulfgar, e é filho de Rothgar, um grande rei no Norte. É parente de Buliwyf e pede sua ajuda e apoio numa missão heróica. Wulfgar diz que o território distante sofre um pavoroso e inominável terror, que todas as pessoas se sentem impotentes para enfrentar, e ele pede a Buliwyf que apresse seu retorno às terras distantes e salve seu povo e o reino de seu pai, Rothgar.

Perguntei ao intérprete qual era a natureza do seu terror. Ele me disse:

– Não há um nome que eu possa dizer.*

O intérprete parecia muito perturbado pelas palavras de Wulfgar, assim como muitos dos outros nórdicos. Vi uma expressão sombria e desanimada no semblante de Buliwyf. Interroguei o intérprete acerca de detalhes da ameaça.

O intérprete me disse:

– O nome não pode ser dito, porque é proibido pronunciá-lo, para que a elocução do nome não evoque os demônios.

Enquanto ele falava, vi que estava temeroso só de pensar nestes assuntos, e sua palidez era marcante, portanto encerrei o interrogatório.

Buliwyf, sentado no alto trono de pedra, estava em silêncio. Na verdade, os condes e vassalos reunidos e todos

---

* Os perigos da tradução são demonstrados nesta frase. O original árabe de Yakut diz literalmente "não há nenhum nome que eu possa falar". O manuscrito Xymos emprega o verbo latino *dare*, com o significado de "não posso dar-lhe o nome", sugerindo que o tradutor não conhece a palavra correta numa língua não-nórdica. O manuscrito Razi, que também contém os discursos do intérprete detalhadamente, usa a palavra *edere*, significando "não há nenhum nome que eu possa fazer conhecido (para você)". Esta é a tradução mais correta. O nórdico tem literalmente medo de pronunciar a palavra, para não evocar demônios. Em latim, *edere* tem o sentido de "dar nascimento a" e "evocar", bem como seu significado ao pé da letra, "brotar". Os parágrafos seguintes confirmam este sentido do significado.

os escravos e criados estavam em silêncio, também. Ninguém no salão falava. O mensageiro Wulfgar parou diante do grupo com a cabeça abaixada. Eu nunca tinha visto o alegre e turbulento povo do Norte tão deprimido.

Então entrou no salão a velha que chamavam de anjo da morte, e ela sentou-se ao lado de Buliwyf. De uma sacola de couro ela tirou alguns ossos – eu não soube se de homens ou animais – e os depositou no chão, pronunciando algo em voz baixa, e passou a mão sobre eles.

Os ossos foram reunidos e recolocados no chão, processo que se repetiu com mais encantamentos. A operação se repetiu e ela finalmente falou com Buliwyf.

Perguntei ao intérprete o que estava dizendo, mas ele não me deu ouvidos.

Depois, Buliwyf se levantou, ergueu a sua taça e dirigiu-se ao grupo de condes e guerreiros, fazendo um longo discurso. Um por um, vários guerreiros se levantaram para encará-lo. Nem todos se ergueram; contei onze, e Buliwyf manifestou sua satisfação por isto.

Agora vi também que Thorkel parecia muito mais satisfeito com os procedimentos e assumia um comportamento mais régio, enquanto Buliwyf não lhe prestava atenção nem demonstrava qualquer ódio por ele, ou mesmo qualquer interesse, embora fossem inimigos poucos minutos atrás.

Depois o anjo da morte, esta mesma mulher velha, apontou para mim e pronunciou algo, saindo em seguida do salão. Agora, por fim, meu intérprete falou:

– Buliwyf é chamado pelos deuses para partir deste lugar rapidamente, deixando para trás suas preocupações e interesses, a fim de atuar como um herói na repressão à ameaça do Norte. Isto é digno, e ele deve levar onze guerreiros em sua companhia. E, portanto, também deve levar você.

Eu disse que estava em missão junto aos búlgaros e devia seguir as instruções do meu califa, sem perda de tempo.

– O anjo da morte falou – continuou meu intérprete. – O grupo de Buliwyf deve ser composto de treze homens, e desses um não deve ser nórdico, portanto você deverá completar o grupo.

Protestei que não era um guerreiro. Na verdade, inventei todas as desculpas e súplicas que pude imaginar tivessem efeito sobre essa rude comunidade. Pedi que o intérprete transmitisse minhas palavras a Buliwyf, mas ele se virou e foi deixando o salão, com uma última declaração.

– Prepare-se como achar melhor. Partirá à primeira luz da manhã.

A JORNADA PARA A TERRA DISTANTE

Desta maneira fui impedido de continuar minha viagem para o reino de Yiltawar, rei dos saqalibas, e assim fiquei impossibilitado de cumprir a missão para al-Muqtadir, Comandante da Fé e Califa da Cidade da Paz. Comuniquei isto o melhor que pude a Dadir al-Hurami, e também ao embaixador, Abdallah ibn-Bastu-al-Hazari, e também aos escudeiros Takin e Bars. Depois me despedi deles, e nunca soube como seguiram adiante.

Quanto a mim, considerei minha condição não muito diferente da de um morto. Estava a bordo de uma nave nórdica subindo o rio Volga para o norte, na companhia de doze homens, que eram os seguintes:

Buliwyf, o líder; seu lugar-tenente ou capitão, Ecthgow; seus condes e nobres, Higlak, Skeld, Weath, Roneth, Halga; seus guerreiros e bravos combatentes, Helfdane, Edgtho, Rethel, Haltaf e Herger.* E eu também fazia parte, incapaz de falar sua língua ou entender suas maneiras, pois meu intérprete fora deixado para trás. Foi só por obra e graça de Alá que um dos guerreiros, Herger, seria um homem dotado e com algum conhecimento da língua latina. Assim, por meio de Herger, pude entender o que significavam os

---

* Wulfgar foi deixado para trás. Jensen diz que os nórdicos costumavam manter um mensageiro como refém, e este é o motivo pelo qual "mensageiros adequados eram os filhos dos reis, ou membros da alta nobreza, ou outras pessoas que tivessem algum valor na comunidade, tornando-os assim os reféns ideais". Olaf Jorgensen argumenta que Wulfgar permaneceu para trás porque tinha medo de voltar.

acontecimentos que transpiravam. Herger era um jovem guerreiro, e muito alegre; parecia achar diversão em tudo, especialmente em meu próprio desalento ao partir.

Os nórdicos se consideravam os melhores navegadores do mundo, e vi em sua conduta o quanto amavam o oceano e as águas. Do navio se pode dizer que tinha 25 passos de comprimento, com a largura de oito ou pouco mais. Era feito de carvalho e muito bem construído. Era todo preto e equipado com uma vela quadrada de pano ajustada com cordas de pele de foca.* O timoneiro se posicionava sobre uma pequena plataforma perto da popa e manejava um leme atado ao costado da nave, à maneira romana. O navio estava equipado com remos que quase nunca eram usados, pois a maior parte do tempo ele era impulsionado pelo vento. À frente do navio havia uma escultura de madeira de um feroz monstro marinho, tal como aparece em algumas naves nórdicas; também havia uma cauda na popa. O navio era estável na água e quase agradável de se viajar, e a confiança dos guerreiros elevava meu ânimo.

Perto do timoneiro havia um leito de peles arrumado sobre um emaranhado de cordas, com uma coberta também de pele. Era o leito de Buliwyf; os guerreiros dormiam espalhados sobre o convés, enrolando-se em peles, e acabei fazendo o mesmo.

Viajamos três dias sobre o rio, passando por inúmeras povoações às suas margens. Não paramos em nenhuma delas. Depois chegamos a um grande acampamento em uma margem do rio Volga. Havia centenas de pessoas, e uma aldeia de bom tamanho, tendo no centro um *kremlin*,

---

* Alguns autores antigos parecem pensar que isto significa que a vela era embainhada com cordas; existem desenhos do século XVIII que mostram as velas vikings debruadas com cordas. Não há provas de que fosse assim; Ibn Fadlan quis dizer que as velas eram ajustadas no sentido náutico, ou seja, dispostas a captar melhor o vento, com o uso de cordas de pele de foca como adriças.

ou fortaleza, com muralhas de argila e dimensões impressionantes. Perguntei a Herger que lugar era aquele. Ele me disse:

— Esta é a cidade de Bulgar, do reino dos saqalibas. Este é o *kremlin* de Yiltawar, rei dos saqalibas.

— Este é o rei que eu ia visitar como emissário do meu califa – repliquei, e com muitas súplicas pedi para ser posto na praia a fim de cumprir minha missão; também exigi, demonstrando a maior fúria que ousava.

Os nórdicos não me deram a menor atenção. Herger não responderia a meus pedidos e exigências, e por fim riu na minha cara, voltando sua atenção para a navegação do navio. Portanto, as naves nórdicas velejaram além da cidade de Bulgar, tão perto das margens que eu ouvia os gritos dos mascates e o balido de ovelhas, e mesmo assim estava desamparado e nada poderia fazer, a não ser testemunhar a paisagem com meus próprios olhos. Passada uma hora, até mesmo isto me foi negado, pois a cidade de Bulgar, como eu disse, fica à margem do rio, e logo se afastou de minha vista. Assim eu entrei na Bulgária e saí dela.

> *O leitor agora pode ficar irremediavelmente confuso com a geografia. A Bulgária moderna é um dos Estados bálticos, fazendo divisa com Grécia, Iugoslávia, Romênia e Turquia. Mas do século IX ao XV existiu outra Bulgária, às margens do Volga, a aproximadamente novecentos quilômetros da Moscou moderna, e é para esta que Ibn Fadlan se dirige. A Bulgária sobre o Volga era um reino desmembrado de alguma importância, e sua capital, Bulgar, era famosa e rica quando os mongóis a ocuparam em 1237. Em geral acredita-se que a Bulgária do Volga e a Bulgária balcânica fossem povoadas por grupos relacionados de imigrantes que deixaram a região em torno do mar Negro durante o período 400-600, mas pouco se sabe de substancial. A antiga cidade de Bulgar é hoje a região da moderna Kazan.*

Passamos mais oito dias a bordo, ainda navegando no Volga, e a terra era mais montanhosa nas cercanias do vale do rio. Agora chegamos a outra bifurcação do rio, chamada pelos nórdicos de rio do Carvalho, e aqui pegamos o braço mais à esquerda e continuamos em frente por dez dias. O ar era gelado e o vento forte, e muita neve ainda jazia sobre o solo. Havia muitas florestas imensas também nesta região, que os nórdicos chamam de Vada.

Depois chegamos a Massborg, um acampamento de nórdicos. Não podia ser considerado uma cidade; era mais um acampamento de poucas casas de madeira, de construção extensa, ao estilo nórdico; a povoação vive da venda de víveres aos mercadores que sobem e descem esta rota. Em Massborg deixamos nossa nave e viajamos pela terra a cavalo por dezoito dias. Esta era uma difícil região montanhosa, e excessivamente fria, e eu estava exausto demais pelos rigores da jornada. Este povo do Norte nunca viaja à noite. Nem costuma navegar à noite, preferindo atracar à noitinha e esperar a luz da aurora antes de seguir adiante.

Embora fosse este o procedimento: durante nossos deslocamentos, o período da noite se tornava tão curto que não dava tempo de se cozinhar uma panela de comida. Na verdade, parecia que tão logo eu me deitava para dormir era acordado pelos nórdicos, que diziam: "Vamos, já é dia, devemos continuar a jornada." Naquelas paragens frias, nem o sono era reparador.

Herger também me explicou que nesse país do Norte o dia é longo no verão e a noite é longa no inverno, raramente se igualando. Depois ele me disse que eu devia observar a cortina do céu à noite; e uma noite eu o fiz, e vi no céu luzes pálidas cintilantes, verdes, amarelas e às vezes azuis, que pendiam como uma cortina no ar elevado. Fiquei muito aturdido com a visão da cortina do céu, mas os nórdicos não viam nada de estranho nisso.

Agora viajamos por cinco dias montanhas abaixo, para uma região de florestas. As florestas das terras do

Norte são frias e densas, com árvores gigantescas. É uma terra úmida e enregelante, em alguns locais tão verde que o brilho da cor chega a doer nos olhos; já em outras paragens, é uma terra negra, escura e ameaçadora.

Agora viajamos mais sete dias através das florestas, e apanhamos muita chuva. Com freqüência esta chuva costuma cair com tal intensidade que chega a ser opressiva; de tempos em tempos eu pensava que ia me afogar, tal o nível de umidade do ar. Em outras ocasiões, quando o vento soprava a chuva, era como uma tempestade de areia, ferroando a carne, ardendo os olhos e ofuscando a visão.

Vindo de uma região desértica, Ibn Fadlan ficar ia naturalmente impressionado pelo verde exuberante e pela chuva caindo aos borbotões.

Estes nórdicos não temiam ladrões nas florestas, e, não sei se por sua própria grande força ou pela falta de salteadores, não vi nenhum na região. A terra do Norte tinha pouca gente ou qualquer espécie, ou assim me pareceu durante minha estada por lá. Era comum viajarmos sete ou dez dias sem avistarmos qualquer acampamento, fazenda ou moradia.

O modo de viajarmos era assim: levantávamos de manhã e, sem quaisquer abluções, montávamos em nossos cavalos e cavalgávamos até a metade do dia. Depois, um dos guerreiros iria caçar algum animal de pequeno porte ou um pássaro. Se estivesse chovendo, este alimento seria consumido sem cozinhar. Chovia por muitos dias, e de início optei por não comer carne crua, que também não era *dabah* (abatida segundo o ritual), mas após um tempo passei a comer também, dizendo silenciosamente "em nome de Deus" e esperando que Deus entendesse minha situação difícil. Se não estivesse chovendo, acendia-se um fogo com um pequeno tição que era levado pelo grupo, e a comida era cozida. Também comíamos frutos silvestres e ervas cujo nome ignoro. Depois viajávamos pelo resto do dia, que era considerável, até a chegada da noite, quando então descansávamos e comíamos.

Muitas vezes chovia à noite, e procurávamos abrigo debaixo de imensas árvores, embora acordássemos molhados e nossas peles de dormir igualmente se encharcassem. Os nórdicos não se queixavam disso, pois eram alegres o tempo todo; só eu resmungava, e vigorosamente. Eles nem me davam atenção.

Finalmente, eu disse a Herger:

– A chuva é fria.

Ele riu e replicou:

– Como pode a chuva ser fria? Você é frio e é infeliz. A chuva não é fria nem infeliz.

Vi que ele acreditava nessas tolices, e na verdade me tomava como tolo por pensar de outra maneira; mesmo assim eu pensava.

Certa noite aconteceu que, enquanto comíamos, murmurei "em nome de Deus" sobre minha comida. Buliwyf perguntou a Herger o que eu tinha dito. Eu disse a Herger que acreditava que o alimento devia ser consagrado e que, portanto, estava agindo de acordo com minhas crenças.

Buliwyf me disse, traduzido por Herger:

– Este é o costume dos árabes?

Respondi:

– Não, pois na verdade cabe àquele que mata o alimento fazer a consagração. Só falei as palavras para que não caiam no esquecimento.*

---

* Este é um sentimento tipicamente muçulmano. Ao contrário da cristandade, uma religião com a qual de muitas maneiras se parece, o Islã não enfatiza um conceito de pecado original a partir da decadência do homem. Pecado para um muçulmano é o esquecimento de cumprir os rituais diários prescritos da religião. Como um corolário, é ofensa mais séria esquecer o ritual inteiramente do que lembrar do ritual e ainda assim falhar em cumpri-lo, tanto devido a circunstâncias extenuantes quanto inadequação pessoal. Por isso Ibn Fadlan está dizendo, com efeito, que está cônscio da conduta certa, muito embora não esteja agindo de acordo com ela; isto é melhor do que nada.

Isto foi motivo de riso para os nórdicos. Eles riram no maior entusiasmo. Depois Buliwyf me disse:
– Sabe desenhar sons?

Não entendi o que ele queria dizer. Perguntei a Herger, e houve alguma conversação de ida e volta, até que por fim compreendi que ele queria dizer "escrever". Os nórdicos chamam a fala dos árabes de ruído ou som. Respondi a Buliwyf que sabia escrever, e ler também.

Ele disse que eu deveria escrever para ele sobre o solo. À luz do fogo noturno, peguei um graveto e escrevi "Louvado seja Deus". Todos os nórdicos olharam para a escrita. Mandaram-me falar o que significava, e assim fiz. Agora Buliwyf olhou para a escrita por um longo tempo, a cabeça afundada no peito.

Herger me perguntou:
– Que Deus você louva?

Respondi que louvava o único Deus, cujo nome era Alá.

– Um Deus só não basta – disse Herger.

Viajamos mais um dia, e passamos outra noite, e depois mais outro dia. E, na noite seguinte, Buliwyf pegou um graveto e desenhou na terra o que eu tinha desenhado antes, e mandou-me ler.

Pronunciei as palavras em voz alta:
– Louvado seja Deus.

Buliwyf então ficou satisfeito, e vi que planejara me testar guardando na memória os símbolos que eu havia desenhado para tornar a mostrá-los para mim.

Agora Ecthgow, o lugar-tenente ou capitão de Buliwyf e guerreiro menos alegre que os outros, homem sombrio, falou-me por meio de Herger, o intérprete:

– Ecthgow deseja saber se você sabe desenhar o som de seu nome.

Eu disse que sabia. Peguei o graveto e comecei a desenhar na terra. De repente, Ecthgow deu um salto, jogou fora o graveto e pisoteou minha escrita, falando palavras furiosas.

Herger me disse:

– Ecthgow não quer mais que desenhe o nome dele em momento algum, e deve prometer-lhe isso.

Fiquei perplexo, e notei que Ecthgow estava extremamente furioso comigo. Os outros também me olhavam com ansiedade e raiva. Prometi a Herger que não desenharia o nome de Ecthgow, nem o de qualquer dos outros. Eles ficaram aliviados.

Depois disso, não se discutiu mais a minha escrita, mas Buliwyf deu algumas instruções, e sempre que chovia eu era conduzido para debaixo da árvore maior, e recebia mais comida do que antes.

Nem sempre dormíamos nas florestas, e nem sempre cavalgávamos através delas. Na orla de algumas florestas, Buliwyf e seus guerreiros se lançariam à frente, galopando por entre as densas árvores, sem cautela ou qualquer pensamento de medo. E depois, em outras florestas onde poderiam parar para uma pausa, e os guerreiros desmontar, acender um fogo e fazer alguma distribuição de comida, ou pilhas de pão dormido ou cobertores, antes de seguir em frente, em vez disso cavalgavam em torno da orla da floresta, nunca entrando em suas profundezas.

Perguntei a Herger qual o motivo disto. Ele disse que algumas florestas eram seguras e outras não, mas não explicou melhor. Insisti:

– O que vocês acham que não é seguro nas florestas?

Ele respondeu:

– Há coisas que nenhum homem pode conquistar, e nenhuma espada pode matar, e nenhum fogo pode queimar, e tais coisas estão nas florestas.

– E que coisas são essas? – indaguei.

Ele achou graça e disse:

– Vocês, árabes, sempre querem saber os motivos de tudo. Seus corações são um saco transbordando de motivos.

– E vocês não se importam com os motivos?

– Isto não ajuda em nada. Costumamos dizer que um homem deveria ser moderadamente sábio, mas não sábio demais, a fim de não conhecer seu destino com antecedência. O homem cuja mente é mais despreocupada não conhece seu destino antes do tempo.

Agora eu via que devia ficar satisfeito com sua resposta. Pois era verdade que, uma ocasião ou outra, eu faria algum tipo de interrogatório, e Herger responderia, e eu não entenderia sua resposta e perguntaria mais, e ele responderia mais. Não obstante, quando eu o interrogava de novo, ele respondia de uma maneira curta, como se o interrogatório não tivesse substância. E depois eu nada mais conseguiria dele, a não ser um meneio de cabeça.

Agora prosseguimos. Na verdade, posso dizer que algumas florestas no selvagem país do Norte provocam uma sensação de medo, que não consigo descrever. À noite, sentados em volta do fogo, os nórdicos contavam histórias de dragões e animais ferozes, e também dos seus ancestrais que haviam matado tais criaturas, que, segundo eles, eram a fonte do meu medo. Mas eles contavam as histórias sem qualquer demonstração de medo, e não vi nenhum desses animais com meus próprios olhos.

Uma noite ouvi um rumor que acreditei ser um trovão, mas eles disseram tratar-se de um dragão na floresta. Não sei qual é a verdade, e relato apenas o que me disseram.

O país do Norte é frio e úmido e o sol raramente visto, pois o céu é cinzento e com nuvens carregadas o dia inteiro. As pessoas desta região são pálidas como linho, e seu cabelo muito louro. Após tantos dias de viagem, não vi uma pessoa sequer de pele escura, e de fato eu era motivo de espanto por parte dos habitantes daquela região por causa da minha pele e cabelos escuros. Muitas vezes, um fazendeiro com sua esposa ou filha se aproximavam para me tocar com um movimento de afago. Herger ria e dizia que estavam tentando esfregar a cor, pensando que fosse pintada sobre minha carne. Eram pessoas ignorantes, sem a menor noção da vastidão do mundo. Muitas vezes tinham medo de mim, não chegando muito perto. Num lugar cujo nome não sei, uma criança gritou aterrorizada ao me ver e correu para abraçar a mãe. Vendo a cena, os guerreiros de Buliwyf riram com grande satisfação.

Mas agora eu notava o seguinte: com o passar dos dias, os guerreiros de Buliwyf cessaram de rir, e a cada dia afundavam mais no mau humor. Herger me disse que eles só pensavam em bebida, da qual estiveram privados por muitos dias.

Buliwyf e seus guerreiros pediam bebidas em cada fazenda ou habitação, mas nesses pobres lugares raramente havia, e eles ficavam profundamente decepcionados, até que não lhes restasse o menor sinal de alegria.

Chegamos por fim a uma aldeia onde os guerreiros encontraram bebidas, e todos os nórdicos ficaram logo embriagados, bebendo de modo ruidoso, indiferentes, em sua pressa, ao líquido que escorria por seus queixos e roupas. Na verdade, um deles, o solene guerreiro Ecthgow, andava tão louco por bebida que já estava bêbado em cima do seu cavalo, caindo ao tentar desmontar. O cavalo então pisou-o na cabeça e temi por sua integridade, mas Ecthgow riu e pisou também o cavalo.

Permanecemos nesta aldeia pelo espaço de dois dias. Eu estava por demais atônito, pois anteriormente os guerreiros tinham demonstrado grande pressa e objetivo na sua jornada, e agora tudo fora deixado de lado para beberem até cair num estupor modorrento. Então, no terceiro dia, Buliwyf decidiu que devíamos continuar. Os guerreiros prosseguiram, eu entre eles, sem achar nada estranho a perda de dois dias.

Não sei com certeza quantos dias mais viajamos. Sei que paramos cinco vezes para trocar os cavalos por montarias novas, pagando por elas nas aldeias com ouro e as pequenas conchas verdes que os nórdicos valorizam mais que quaisquer outros objetos no mundo. E por fim chegamos a uma aldeia chamada Lenneborg, situada à beira-mar. O mar era cinzento, tal como o céu, e o ar era frio e acre. Aqui tomamos outra embarcação.

O navio tinha aparência similar ao anterior, porém mais comprido. Os nórdicos o chamavam de *Hosbokun,* que significa "cabra do mar", porque a nave corcoveava sobre as ondas tal qual uma cabra. E também porque era rápida, pois para esta gente a cabra é sinônimo de rapidez.

Eu estava receoso de me lançar a este mar, pois a água era encapelada e muito fria; um homem que ali afundasse teria todos os sentidos amortecidos instantaneamente, tão pavoroso era o frio. E ainda assim os nórdicos estavam alegres, e brincaram e beberam por uma noite nesta aldeia marítima de Lenneborg, e se divertiram com muitas das mulheres e jovens escravas. Esse, disseram-me, é o costume dos nórdicos antes de uma viagem marítima, pois nenhum homem sabe se irá sobreviver à jornada; assim, ele só parte após uma exagerada festança.

Em cada lugar fomos saudados com grande hospitalidade, o que é considerado uma virtude por esta gente. O mais pobre lavrador colocaria tudo o que possuísse diante de nós, e sem recear que pudéssemos matá-lo ou roubá-lo, mas apenas por bondade e cortesia. Os nórdicos, aprendi, não aprovam ladrões ou assassinos de sua própria raça, e tratam duramente tais homens. Aferram-se a estes pontos de vista apesar da verdade inegável, ou seja, a de que estão sempre bebendo e brigando como animais irracionais e se matando mutuamente em irados duelos. Embora eles não vejam isto como um assassinato, e qualquer homem que cometa assassinato seja igualmente morto.

Da mesma forma, eles tratam seus escravos com muita bondade, o que foi um espanto para mim.* Se um escravo fica doente, ou morre em algum acidente, isto não é considerado uma grande perda; e mulheres escravas devem estar prontas a qualquer hora para servir a qualquer homem, em público ou reservadamente, de dia ou de noite. Não há afeição pelos escravos, mas tampouco eles sofrem maus-tratos, sendo sempre alimentados e vestidos por seus senhores.

Mais adiante aprendi que qualquer homem pode se divertir com uma escrava, mas que a mulher do lavrador de mais baixa condição é respeitada pelos chefes e condes nórdicos, tal como respeitam as mulheres uns dos outros. Forçar as atenções de uma mulher nascida livre que não seja escrava é um crime, e disseram-me que um homem seria enforcado por isto, embora eu nunca tenha visto.

A castidade entre as mulheres é considerada uma grande virtude, mas raramente eu a vi ser praticada, pois não se dá maior importância ao adultério, e se a mulher de qualquer homem, seja de que classe for, é libidinosa, a conseqüência não é considerada digna de nota. Esta gente é muito aberta em tais assuntos, e os homens do Norte dizem que as mulheres são desonestas e inconfiáveis; parecem estar resignados com isto, e falam no assunto com seu habitual comportamento jovial.

Indaguei de Herger se ele era casado, e ele disse que tinha uma esposa. Perguntei com toda discrição se ela era casta. Ele riu na minha cara e disse:

– Eu viajo pelos mares e posso nunca retornar, ou posso me ausentar muitos anos. Minha mulher não está morta.

---

* Outras testemunhas oculares discordam da descrição de Ibn Fadlan acerca do tratamento dispensado aos escravos e ao adultério, e por este motivo algumas autoridades questionam sua fidedignidade como observador social. De fato, deveria haver grande variação local de uma tribo para outra quanto ao tratamento admitido para escravos e esposas infiéis.

Extraí disso o sentido de que ela lhe era infiel, e que ele não se importava.

Os nórdicos não consideram nenhum filho um bastardo se a mãe for uma esposa. Os filhos de escravos são escravos algumas vezes, e livres outras; como isto é decidido, não sei.

Em algumas regiões, os escravos são marcados com um talho na orelha. Em outras, usam uma gola de ferro para assinalar seu lugar. Em certas regiões, os escravos não têm marcas, por ser este o costume local.

A pederastia não é conhecida entre os nórdicos, embora eles digam que outros povos a praticam; alegam não ter qualquer interesse pelo assunto, e uma vez que não ocorre entre sua gente, não prevêem qualquer punição para isto.

Tudo isto e muito mais eu aprendi de minhas conversas com Herger e de testemunhar nas viagens de nosso grupo. Além do mais, vi que em cada lugar onde descansávamos as pessoas indagavam de Buliwyf acerca da missão de que estava incumbido, e quando informados de sua natureza – que eu ainda não entendia – ele e seus guerreiros, eu incluído, foram tratados com o mais elevado respeito, recebendo suas preces, sacrifícios e provas de boa vontade.

No mar, como eu disse, os nórdicos se tornavam felizes e jubilosos, embora o mar fosse encapelado e intimidante para o meu modo de pensar, e também para o meu estômago, que se sentia mais delicado e desarranjado. De fato, eu vomitava, e então perguntei a Herger por que seus companheiros estavam tão alegres.

Herger disse:

– É porque logo estaremos no lar de Buliwyf, o lugar conhecido como Yatlam, onde vivem seu pai e sua mãe e todos os seus parentes, e ele não os vê faz muitos anos.

– Não estamos indo para a terra de Wulfgar? – perguntei.

– Sim, mas é adequado que Buliwyf deva render homenagens a seu pai e sua mãe – replicou ele.

Vi pelas suas expressões que todos os outros nobres, condes e guerreiros estavam tão felizes quanto o próprio Buliwyf. Perguntei o motivo a Herger.

– Buliwyf é nosso chefe, e estamos contentes por ele, e pelo poder que ele em breve terá.

Perguntei-lhe que poder era este do qual ele falava.

– O poder de Runding – respondeu-me Herger.

– E o que é este poder? – perguntei, ao que ele respondeu:

– O poder dos antigos, o poder dos gigantes.

Os nórdicos acreditam que nas eras passadas o mundo era povoado por uma raça de homens gigantes, que desde então desapareceram. Os nórdicos não se consideram descendentes destes gigantes, mas receberam alguns dos seus poderes de um modo que ainda não pude entender direito. Estes pagãos também acreditam em muitos deuses, eles próprios gigantes e também possuidores de poder. Mas os gigantes de que Herger falava eram homens gigantes, não deuses, ou assim me parecia.

Aquela noite ancoramos sobre uma praia pedregosa, feita de seixos do tamanho do punho de um homem, e ali Buliwyf acampou com seu grupo. Ao longo da noite, todos cantaram e beberam em volta do fogo. Herger juntou-se à celebração e não teve paciência para me explicar o significado das canções. Fiquei sem saber o que eles cantavam, mas estavam felizes. No dia seguinte iríamos para o lar de Buliwyf, a terra chamada Yatlam.

Saímos antes da primeira luz da aurora. O frio era tanto que meus ossos doíam, e meu corpo estava machucado da praia pedregosa. Nos lançamos ao mar raivoso e ao vento uivante.

Navegamos por toda a manhã, e durante este período a agitação dos homens aumentou mais, até que ficaram iguais a crianças ou mulheres. Era um espanto para mim ver aqueles enormes e fortes guerreiros dando risinhos que nem no harém do califa; e ainda assim eles não viam nenhuma falta de masculinidade nisso.

Havia um ponto de terra, um alto e cinzento afloramento rochoso acima do mar cinzento, e além deste ponto, disse-me Herger, estaria a cidade de Yatlam. Eu me espichei para ver este lendário lar de Buliwyf enquanto o navio dos nórdicos contornava o penhasco. Os guerreiros riam e davam vivas mais alto, e percebi que havia muitas piadas grosseiras e planos para diversão com mulheres quando chegassem em terra.

E depois veio o cheiro de fumaça no ar, e vi a fumaça e todos os homens silenciarem. Enquanto contornávamos o ponto, vi com meus próprios olhos que a cidade ardia em chamas lentas e ondulante fumaça preta. Não havia sinal de vida.

Buliwyf e seus guerreiros desembarcaram e seguiram para a cidade de Yatlam. Havia cadáveres de homens, mulheres e crianças, alguns consumidos pelas chamas, outros trespassados por espadas – uma multidão de cadáveres. Buliwyf e os guerreiros não falavam, e mesmo agora não havia pesar, choro e tristeza. Nunca vi uma raça que aceitasse a morte como os nórdicos faziam. Eu mesmo muitas vezes me sentia mal com a simples visão da morte, mas eles nunca.

Por fim, eu disse a Herger:
– Quem fez isso?

Ele apontou para a terra, as florestas e as colinas situadas atrás do oceano cinzento. Havia névoas sobre as florestas. Ele apontou e não falou. Perguntei-lhe:
– Foi a névoa?

Ele replicou:
– Não pergunte mais. Saberá mais cedo do que deseja.

Agora aconteceu: Buliwyf entrou numa casa fumegante em ruínas e voltou para nossa companhia trazendo uma espada. Esta espada era muito grande e pesada, e tão aquecida pelo fogo que ele a carregava com um pano enrolado em volta do punho. Na verdade, digo que era a maior espada que eu já vira um dia. Tinha o comprimento do meu próprio corpo e a lâmina era plana e larga como as palmas das mãos de dois homens colocadas lado a lado. Era tão grande e pesada que até mesmo Buliwyf gemia ao carregá-la. Perguntei a Herger o que era aquela espada, e ele disse:

– Aquela é Runding.

Então Buliwyf mandou todo o seu grupo para o barco, e nos fizemos de novo ao mar. Nenhum guerreiro olhou de volta para a cidade queimada de Yatlam; somente eu o fiz, e vi a ruína fumegante e a névoa nas colinas além.

O ACAMPAMENTO EM TRELBURG

PELO ESPAÇO DE DOIS dias navegamos ao longo de uma costa plana em meio a muitas ilhas que eram chamadas de a terra de Dans, chegando finalmente a uma região de pântanos com um emaranhado de rios estreitos que desaguavam no mar. Estes rios não tinham nomes particulares, mas cada um deles era chamado de "wyk", e as pessoas ribeirinhas de "wykings", que significava os guerreiros nórdicos que conduzem seus navios rios acima e atacam povoações desta forma.*

Nesta região pantanosa paramos num lugar que eles chamavam Trelburg, o que foi um espanto para mim. Aqui não há cidade, mas sim um acampamento militar, e seus habitantes são guerreiros, com poucas mulheres e crianças entre eles. As defesas deste acampamento de Trelburg são construídas com grande esmero e habilidade de acabamento ao estilo romano.

Trelburg situa-se no ponto de junção de dois wyks, que correm para o mar. A parte principal do acampamento é circundada por um muro de aterro, da altura de cinco homens de pé um sobre o outro. Acima deste anel de terra ergue-se uma cerca de madeira para maior proteção. Do outro lado do anel há um fosso cheio de água, cuja profundidade ignoro.

---

* Há alguma disputa entre os estudiosos modernos sobre a origem do termo "viking", mas a maioria concorda com Ibn Fadlan, de que deriva de "vik", significando um córrego ou rio estreito.

Estes aterros são de excelente execução, de uma simetria e qualidade capazes de rivalizar com qualquer coisa que eu conheça. E há mais o seguinte: do lado em direção à terra do acampamento, um segundo semicírculo de muro alto com um segundo fosso além.

A povoação em si repousa dentro do anel interior, que é rompido por quatro portões, dando para quatro cantos da terra. Cada portão é bloqueado por fortes portas de carvalho com armação de ferro, e muitos guardas. Muitos guardas também caminham pelas plataformas, mantendo vigilância dia e noite.

No interior da povoação erguiam-se dezesseis moradias de madeira, todas iguais: são casas compridas, como os nórdicos as chamam, com paredes que se curvam de modo a parecer barcos emborcados com as extremidades cortadas na frente e atrás. Elas têm trinta passos de extensão, e são mais largas na parte do meio do que nas pontas. São dispostas assim: quatro longas casas perfeitamente alinhadas, de modo a formar um quadrado. Quatro quadrados são dispostos para formar dezesseis casas ao todo.*

Cada casa comprida só tinha uma entrada, e nenhuma casa tinha sua entrada dando vista para dentro de outra. Perguntei a Herger a razão disto e ele disse:

– Se o acampamento for atacado, os homens devem correr para a defesa, e as entradas são de tal modo que os homens podem se apressar sem ajuntamento e confusão; pelo contrário, cada homem pode seguir livremente para a tarefa de defesa.

Assim é que dentro do quadrado uma casa tem uma porta norte, a seguinte tem uma porta leste, a próxima

---

* A exatidão do relatório de Ibn Fadlan é confirmada aqui por prova arqueológica direta. Em 1948, o sítio militar de Trelleborg, na Zelândia ocidental, Dinamarca, foi escavado. O sítio corresponde exatamente à descrição de Ibn Fadlan do tamanho, natureza e estrutura da povoação.

uma porta sul e a última uma porta oeste; da mesma forma também em cada um dos quatro quadrados.

Depois vi também que enquanto os nórdicos são gigantescos, estas portas são tão baixas que até eu precisei me dobrar em dois para entrar numa das casas. Interroguei Herger, que disse:

– Se formos atacados, um único guerreiro pode permanecer dentro da casa, e com sua espada cortar as cabeças de todos que entrarem. A porta é tão baixa que as cabeças estarão inclinadas para o corte.

Na verdade, vi que a cidade de Trelburg, em todos os aspectos, era construída para a guerra e para a defesa. Nenhum comércio é realizado ali, como eu disse. No interior das casas compridas há três seções de cômodos, cada qual com uma porta. O cômodo central é o mais amplo, e tem também uma fossa para detritos.

Agora vi que o povo de Trelburg não era como os nórdicos ao longo do Volga. Estas eram pessoas limpas para sua raça. Banhavam-se nos rios, aliviavam-se de seus dejetos do lado de fora, e eram de muitas maneiras superiores aos que eu havia conhecido. Ainda assim, não eram verdadeiramente asseados, só em comparação aos outros.

A sociedade de Trelburg é composta na maioria de homens, e todas as mulheres são escravas. Não há esposas entre as mulheres, e todas elas são tomadas livremente sempre que os homens desejam. O povo de Trelburg vive da pesca e de um pouco de pão; não há fazendas ou agricultura, embora as terras pantanosas adjacentes contenham áreas adequadas para plantio. Perguntei a Herger por que não havia agricultura, e ele me disse:

– Estes aí são guerreiros. Não sabem cultivar o solo.

Buliwyf e seu grupo foram graciosamente recepcionados pelos chefes de Trelburg, que são vários, destacando-se entre eles um chamado Sagard. É um homem forte e ameaçador, quase tão enorme quanto o próprio Buliwyf.

Durante o banquete da noite, Sagard indagou qual era a missão de Buliwyf e os motivos de sua viagem, e Buliwyf relatou a súplica de Wulfgar. Herger traduziu tudo para mim, embora na verdade eu tivesse passado tempo o suficiente entre estes pagãos para saber uma ou duas palavras de sua língua. Eis aqui o significado da conversa entre Sagard e Buliwyf. Sagard assim falou:

– É apreciável Wulfgar levar a cabo a incumbência de um mensageiro, embora seja filho do rei Rothgar, pois os vários filhos de Rothgar atacam uns aos outros.

Buliwyf disse que não sabia disto, ou palavras com o mesmo significado. Mas eu percebia que não estava tão surpreso. Embora seja verdade que Buliwyf raramente se surpreenda com qualquer coisa. Tal era o seu papel como líder e herói daqueles guerreiros.

Sagard continuou:

– De fato, Rothgar teve cinco filhos, e três foram mortos por um deles, Wiglif, um homem ardiloso,* cujo conspirador nesta questão é o arauto do velho rei. Somente Wulfgar continua fiel, e ele partiu.

Buliwyf disse a Sagard que estava contente em saber destas notícias, e iria mantê-las em mente. Neste ponto a conversa se encerrou. Jamais Buliwyf ou qualquer um dos guerreiros manifestou surpresa às palavras de Sagard, e daí extraí que é comum que os filhos de um rei se livrem uns dos outros para assumir o trono.

Também é verdade que, de tempos em tempos, um filho mate seu pai rei para assumir o trono, o que também

---

* Literalmente, "um homem de duas mãos". Como ficará mais claro depois, os nórdicos eram ambidestros no combate, e mudar as armas de uma mão para outra era considerado um truque admirável. Assim, um homem de duas mãos é ardiloso. Um significado correlato foi uma vez ligado à palavra "astuto", que agora tem o sentido de mentiroso e evasivo, mas que antigamente possuía o sentido mais positivo de "habilidoso, cheio de expedientes".

é considerado de somenos importância, pois os nórdicos vêem isto como qualquer rixa entre guerreiros bêbados. Os nórdicos têm um provérbio que diz "olhe para suas costas", e acreditam que um homem deve sempre estar preparado para se defender, mesmo um pai contra seu próprio filho.

Por ocasião de nossa partida, perguntei a Herger por que em Trelburg haveria outra fortificação voltada para o lado da terra sem haver nenhuma fortificação adicional na direção do mar. Estes nórdicos eram navegadores que atacavam do mar, e ainda assim Herger disse:

– É da terra que vem o perigo.

– Por que a terra é perigosa? – perguntei e ele respondeu:

– Por causa da névoa.

Durante nossa partida de Trelburg os guerreiros se reuniram para bater suas lanças contra os escudos, a fim de provocar um alto ruído para avisar ao nosso navio que içasse as velas. Isto, disseram-me, era para chamar a atenção de Odin, um de seus inúmeros deuses, de modo que este Odin favorecesse a jornada de Buliwyf e seus doze homens.

Também aprendi o seguinte: que o número treze é significativo para os nórdicos, porque a lua, pelos seus cálculos, nasce e morre treze vezes na passagem de um ano. Por esta razão, toda contabilidade importante deve incluir o número treze. Assim, Herger me disse que o número de casas em Trelburg era treze e mais três, em vez de dezesseis, como assinalei.

Aprendi, além disso, que estes nórdicos têm alguma noção de que o ano não cabe com exatidão em treze passagens da lua, e por isso o número treze não é estável e fixo em suas mentes. A 13ª passagem é chamada de mágica e exterior, e Herger diz:

– Assim, por ser de fora, você foi escolhido como o décimo terceiro homem.

Na verdade, estes nórdicos são supersticiosos, sem apelarem para o bom senso, razão ou lei. Aos meus olhos parecem crianças, e ainda assim eu estava entre eles e portanto controlava minha língua. Muito em breve fiquei contente por minha discrição, devido aos eventos que se seguiram.

Já partíramos havia algum tempo de Trelburg quando recordei que nunca antes tivéramos uma cerimônia de partida com os habitantes de uma cidade batendo nos escudos para convocar Odin. Comentei isto com Herger.

– É verdade – replicou ele. – Há uma razão especial para se convocar Odin, pois estamos agora sobre o mar dos monstros.

Isto pareceu-me a prova de sua superstição. Perguntei se algum guerreiro já tinha visto algum dia tais monstros.

– De fato, todos nós já o vimos – disse Herger. – Por que outra razão teríamos conhecimento deles? – Pelo tom de sua voz, pude perceber que ele me considerava um tolo por minha descrença.

Mais algum tempo se passou até que houve um grito, e todos os guerreiros de Buliwyf ficaram apontando para o mar, observando, gritando uns para os outros. Perguntei a Herger o que havia acontecido.

– Estamos entre os monstros agora – disse ele, apontando.

O oceano nesta região é muito turbulento. O vento sopra com força feroz, tornando as ondas do mar embranquecidas de espuma, cuspindo água no rosto de um marinheiro, e pregando peças na sua visão. Observei o mar por vários minutos e não consegui ver este monstro do mar, não tendo motivos para crer no que eles diziam.

Depois um deles gritou para Odin, um grito de prece, repetindo o nome muitas vezes em súplica, e então vi com meus próprios olhos o monstro marinho. Tinha a forma de uma serpente gigante que nunca erguia a cabeça acima da superfície, embora eu visse seu corpo se enroscar e rodopiar;

e era muito comprida, e mais larga que um barco nórdico, e de cor preta. O monstro marinho esguichava água no ar, como um chafariz, depois afundava, erguendo uma cauda partida em dois, como a língua bifurcada de uma serpente. Ainda assim era enorme, cada seção da cauda sendo mais larga do que a maior copa de palmeira.

Agora vi outro monstro, e outro, e mais um depois daquele; pareciam ser quatro, ou talvez seis ou sete. Cada um se portava como seus companheiros, retorcendo-se através da água, aspergindo como um chafariz e erguendo a cauda bifurcada. Ao ver a cena, os nórdicos gritavam por Odin pedindo ajuda, e agora alguns deles caíam de joelhos no convés, trêmulos.

Na verdade, vi com meus próprios olhos os monstros do mar nos rodeando no oceano, e depois, passado algum tempo, eles se foram e não tornamos a vê-los. Os guerreiros de Buliwyf retomaram seu trabalho de navegação, e nenhum homem falou mais dos monstros, mas eu continuava com medo muito tempo depois. Herger disse-me que meu rosto estava branco como o das pessoas do Norte, e riu.

– O que Alá diz a isto? – perguntou-me, e não tive resposta.*

À noite, ancoramos e fizemos uma fogueira, e perguntei a Herger se os monstros algum dia tinham atacado um navio no mar; e, se tinham, de que maneira o fizeram, pois eu não vira a cabeça de nenhum daqueles monstros.

Herger respondeu chamando Ecthgow, um dos nobres e lugar-tenente de Buliwyf. Ecthgow era um guerreiro

---

* Este relato do que é obviamente um avistamento de baleias é disputado por muitos estudiosos. Ele aparece no manuscrito Razi tal como aqui, mas na tradução de Sjogren é muito mais breve, e nele os nórdicos são mostrados como fazendo uma elaborada piada em cima do árabe. Os nórdicos conheciam baleias e as distinguiam dos monstros marinhos, segundo Sjogren. Outros eruditos, inclusive Hassan, duvidam que Ibn Fadlan pudesse ignorar a existência de baleias, como parece ser o caso aqui.

solene que nunca estava alegre, exceto quando bêbado. Herger disse que ele estivera num navio que fora atacado. Ecthgow me disse que os monstros marinhos são maiores que qualquer coisa na superfície da terra e maiores que qualquer navio no mar, e quando atacam se colocam debaixo de um navio e o erguem no ar e o atiram longe como um pedaço de pau, e o esmigalham com sua língua bifurcada. Ecthgow disse que havia trinta homens em seu navio, e que somente ele e mais dois sobreviveram pela graça dos deuses. Ecthgow falou num tom normal de conversa, o que para ele era muito sério, e acreditei que falava a verdade.

Ecthgow contou-me, também, que os nórdicos sabem que os monstros atacam navios porque desejam se acasalar com a embarcação, confundindo-a com um da sua espécie. Por esta razão os nórdicos não constroem navios muito grandes.

Herger me disse que Ecthgow é um grande e renomado guerreiro na batalha, e que é digno de crédito em todas as coisas.

Nos dois dias seguintes, navegamos por entre as ilhas do país de Dan, e depois, no terceiro dia, cruzamos uma passagem do mar aberto. Aqui fiquei temeroso de ver mais monstros marinhos, porém não aconteceu, e finalmente chegamos ao território chamado Venden. Estas terras de Venden são montanhosas e proibidas, e os homens de Buliwyf em seu barco se aproximaram com alguma agitação e pedaços de uma galinha abatida, que foram lançados ao mar desta forma: a cabeça foi jogada da popa do navio, e o corpo da proa, perto do timoneiro.

Não aportamos diretamente nesta nova terra de Venden, e sim navegamos ao longo da costa, chegando finalmente ao reino de Rothgar. Foi esta minha primeira visão: no alto de um rochedo, dominando a vista do mar turbulento, estava um enorme vestíbulo, alto e imponente. Eu disse a Herger que era uma visão magnífica, mas Herger e todo o seu grupo, liderado por Buliwyf, resmungavam e sacudiam as cabeças. Perguntei a Herger o motivo disto, ele disse:

— Rothgar é chamado de Rothgar, o Fútil, e este grande vestíbulo é o símbolo de um homem fútil.

— Por que fala assim? — perguntei. — Por causa do seu tamanho e esplendor? — Para falar a verdade, quando me aproximei, vi que o vestíbulo era ricamente ornamentado com entalhes e marchetes de prata, que reluziam à distância.

— Não — replicou Herger. — Digo que Rothgar é fútil por causa do modo como organizou este povoamento. Ele desafia os deuses a atacá-lo, e tem a pretensão de ser mais do que um homem, e por isso está sendo punido.

Eu nunca tinha visto uma grande porta de entrada mais inexpugnável, e comentei com Herger:

— Este vestíbulo não pode ser atacado; como irão alcançar Rothgar?

Herger deu uma gargalhada, e me disse:

— Vocês, árabes, são idiotas além da conta, e nada sabem sobre os costumes do mundo. Rothgar merece o infortúnio que trouxe para si, e só nós poderemos salvá-lo, e talvez nem isso.

Estas palavras me confundiram mais. Olhei para Ecthgow, o lugar-tenente de Buliwyf, e vi que ele permanecia no barco com uma expressão de valentia, e ainda assim seus joelhos tremiam, e não era a rigidez do vento que os fazia tremer assim. Ele tinha medo; todos estavam com medo; e eu não sabia por quê.

O REINO DE ROTHGAR NA TERRA DE VENDEN

O NAVIO ESTAVA ANCORADO à hora da prece vespertina, e pedi o perdão de Alá por não fazer súplicas. Embora eu não fosse capaz de fazer isto na presença dos nórdicos, que consideravam minhas preces como uma praga rogada contra eles, e ameaçavam matar-me se eu orasse na presença deles.

Cada guerreiro no barco envergou o traje de batalha, que consistia em: primeiro, botas e perneiras de lã grossa, depois um pesado casaco de pele que chegava até os joelhos. Por cima vestiam cotas de malha, que todos tinham menos eu. Depois, cada homem pegava sua espada, prendendo-a no cinturão; cada homem pegava seu escudo branco de couro e sua lança; cada homem colocava na cabeça um capacete de metal ou couro;* nisto tudo os homens se igualavam, exceto Buliwyf, que empunhava sem ajuda a sua enorme espada.

Os guerreiros olharam para o grande vestíbulo de Rothgar e, maravilhados com seu reluzente teto e esmerada construção, concordaram que não havia nada igual no mundo, com seus frontões altos e sua magnífica obra de entalhe. Embora não houvesse respeito em seus comentários.

Por fim desembarcamos do navio e seguimos por uma estrada pavimentada de pedra até o grande vestíbulo.

---

* As reproduções populares dos escandinavos sempre os mostram usando capacetes de chifres. Isto é um anacronismo; por ocasião da visita de Ibn Fadlan tais capacetes já estavam fora de uso havia mais de mil anos, desde a antiga Idade do Bronze.

O retinir de espadas e das cotas de malha elevou-se até fazer um barulho considerável. Depois de vencermos uma curta distância, vimos a cabeça cortada de um boi enfiada numa estaca. Este animal fora morto havia pouco.

Todos os nórdicos suspiraram e fizeram expressões tristes a este presságio, embora nada significasse para mim. Eu agora estava acostumado ao seu costume de matar algum animal ao menor nervosismo ou provocação. Embora esta cabeça de boi tivesse um significado especial.

Buliwyf olhou para longe, através dos campos das terras de Rothgar, e viu uma isolada casa de fazenda, do tipo que era comum nas terras de Rothgar. As paredes desta casa eram de madeira, vedadas com uma massa de barro e palha, que devia ser recolocada após as chuvas freqüentes. O telhado costuma ser de colmo e também de madeira. Dentro das casas há apenas um chão de terra e estrume, já que os fazendeiros dormem com os animais dentro de casa, por causa do calor fornecido por seus corpos, utilizando depois o estrume para fazer fogo.

Buliwyf deu ordem para que fôssemos até a fazenda, e assim atravessamos os campos, que eram verdejantes mas encharcados de umidade. Uma ou duas vezes o grupo parou para examinar o solo, mas não viram nada que lhe interessasse, o mesmo ocorrendo comigo.

Mais uma vez Buliwyf mandou o grupo parar e apontou para a terra escura. Na verdade, vi com meus próprios olhos a nítida marca de um pé – de fato, de muitos pés. Eram chatos e mais feios do que qualquer coisa conhecida da criação. Em cada dedo havia a afiada marca perfurante de uma unha ou garra chifruda, portanto, o formato parecia humano mas mesmo assim não era humano. Isto eu vi com meus próprios olhos, e mal pude acreditar no testemunho da minha visão.

Buliwyf e seus guerreiros sacudiram as cabeças ao ver pegadas e eu os ouvi repetir sem cessar uma palavra:

"*wendol*", ou "*wendlon*", ou algo semelhante. O significado do nome era desconhecido para mim, e senti que Herger não deveria ser interrogado neste momento, pois estava tão apreensivo quanto todos os demais. Apressamo-nos para a casa de fazenda, vendo a toda hora mais destas pegadas chifrudas na terra. Buliwyf e seus guerreiros caminhavam devagar, mas não por cautela; nenhum deles sacou sua arma; em vez disso havia algum pavor que eu não compreendia e mesmo assim partilhava com eles.

Por fim chegamos à casa de fazenda e entramos. Lá, vi com meus próprios olhos esta cena: havia um homem ainda jovem e fisicamente elegante, cujo corpo tinha sido rasgado membro a membro. O torso estava aqui, um braço ali, uma perna acolá. O sangue se espalhava em grandes poças pelo chão, e pelas paredes, no teto, em tal profusão em cada superfície que a casa parecia ter sido pintada de vermelho. Havia também uma mulher, igualmente desmembrada. E também um menino de dois anos mais ou menos, cuja cabeça fora arrancada dos ombros, transformando o corpo num coto sangrento.

Vi tudo com meus próprios olhos, e foi a mais apavorante cena que já testemunhei. Vomitei e fiquei fraco por uma hora, vomitando novamente.

Nunca irei entender o jeito de ser dos nórdicos, pois quanto mais eu passava mal, mais eles ficavam calmos e imperturbáveis diante deste horror; eles viam tudo desta maneira tranqüila; discutiram as marcas de garras nos membros, e o modo de rasgar a carne. Deram muita atenção ao fato de que todas as cabeças estavam faltando; comentaram também o aspecto mais perverso de tudo, que eu mesmo agora só conseguia recordar com tremor.

O corpo da criança tinha sido mastigado por dentes diabólicos na carne tenra da parte posterior da coxa. Da mesma forma tinha sido mastigada a área do ombro. Vi este autêntico horror com meus próprios olhos.

Os guerreiros de Buliwyf estavam com a fisionomia sombria e carrancuda quando deixamos a fazenda. Eles continuaram a prestar muita atenção na terra fofa ao redor da casa, notando que não havia marcas de cascos de cavalos; este era um aspecto importante para eles, mas eu não entendia por quê. Nem estava muito atento, ainda assustado e me sentindo mal.

Enquanto atravessávamos os campos, Ecthgow fez uma descoberta que lhe era peculiar: um pequeno fragmento de pedra, menor do que o punho de uma criança, e era polido e esculpido de modo grosseiro. Todos os guerreiros se amontoaram em torno para examiná-lo, eu entre eles.

Vi que representava o tronco de uma mulher grávida. Não havia cabeça, braços ou pernas; apenas o tronco com uma barriga enormemente intumescida e, acima, dois seios pendentes e inchados.* Registrei esta criação excessivamente crua e horrível, porém nada mais. Embora os nórdicos estivessem subitamente derrotados, pálidos e trêmulos, suas mãos se agitavam para tocar a pedra, e por fim Buliwyf arremessou-a ao chão e estilhaçou com o punho da espada, até que se desfez em fragmentos. E depois vários guerreiros se sentiram mal e vomitaram sobre o solo. E o horror geral foi imenso, para minha perplexidade.

Agora seguiam para o grande vestíbulo do rei Rothgar. Nenhum homem falou durante o percurso, que levou mais de uma hora; cada um dos nórdicos parecia envolto em amargura e pensamentos sombrios, e ainda assim não mais demonstravam medo.

Por fim, um arauto a cavalo veio ao nosso encontro e bloqueou a trilha. Ele notou as armas que carregávamos e o propósito do grupo e de Buliwyf e gritou um aviso, que Herger traduziu para mim:

— Ele solicita saber seus nomes, e rápido, também.

---

* A estatueta descrita corresponde aproximadamente a várias esculturas descobertas por arqueólogos na França e na Áustria.

Buliwyf deu uma resposta ao arauto, e pelo seu tom eu soube que Buliwyf não estava com ânimo para amenidades corteses. Herger me disse:

– Buliwyf diz a ele que somos súditos do rei Higlac, do reino de Yatlam, e que trazemos uma mensagem para o rei de Rothgar, e que deveríamos falar com ele. – Mas o tom de Herger transmitia o sentido oposto do assunto.

O arauto permitiu que continuássemos até o grande vestíbulo, e esperamos do lado de fora enquanto ele comunicava nossa chegada ao rei. Assim fizemos, embora Buliwyf e sua comitiva não ficassem satisfeitos com tal tratamento; houve resmungos e sussurros, pois a hospitalidade era típica dos nórdicos e não parecia educado sermos mantidos do lado de fora. Mesmo assim eles esperaram, e também depuseram as armas, suas espadas e lanças, mas não as armaduras, e deixaram as armas do lado de fora do vestíbulo.

O vestíbulo era rodeado de todos os lados por várias casas no estilo nórdico. Eram compridas, com extremidades curvas, como em Trelburg, mas diferiam na disposição, pois aqui não havia quadrados. Nem havia fortificação ou aterros à vista. Em vez disso, a partir do grande vestíbulo e das casas compridas ao seu redor, o solo se inclinava para uma longa e plana campina verde, com uma casa de fazenda aqui e ali, e depois, além, as colinas e a orla de uma floresta.

Perguntei a Herger que casas eram estas, e ele me disse:

– Algumas pertencem ao rei, outras são da família real, e outras dos seus nobres e também dos servos e membros menores da sua corte. – Ele disse também que era um lugar difícil, não entendi o significado disto.

Depois permitiram nossa entrada no grande vestíbulo do rei Rothgar, o qual realmente classifico como uma das maravilhas de todo o mundo, e ainda mais por estar situado no rude território do Norte. Este vestíbulo é chamado, entre os súditos de Rothgar, pelo nome de Hurot, pois os nórdicos dão nomes de gente às coisas de sua vida, como edifícios, barcos e principalmente armas. Agora eu digo: este Hurot, o grande vestíbulo de Rothgar, era tão amplo quanto o palácio principal do califa, e ricamente marchetado em prata e também um pouco de ouro, muito raro no Norte. Em todos os lados havia desenhos e ornamentos do maior esplendor e opulência da obra de arte. Era realmente um monumento ao poder e majestade do rei Rothgar.

Este rei Rothgar sentava-se na extremidade mais distante do vestíbulo Hurot, um espaço tão amplo que de longe mal podíamos distingui-lo. De pé, por trás de seu ombro direito, estava o mesmo arauto que nos havia parado. O arauto fez um discurso, que Herger me traduziu desta forma:

– Aqui, ó rei, está um bando de guerreiros do reino de Yatlam. Acabam de chegar pelo mar, e seu líder é um homem chamado Buliwyf. Pedem permissão para transmitir sua mensagem, ó rei. Não lhes vedai a entrada; eles têm os modos de condes e, por seu porte, o chefe deles é um poderoso guerreiro. Saudai-os como condes, ó rei Rothgar.

Assim foi-nos permitido chegar perto do rei Rothgar.

O rei Rothgar parecia um homem próximo da morte. Não era jovem, seu cabelo estava branco, a pele muito pálida e a face sulcada por sofrimento e medo. Fitava-nos com suspeição, piscando os olhos, ou talvez estivesse quase cego, não sei. Por fim iniciou um discurso, que Herger assim traduziu:

– Conheço este homem, pois o mandei chamar para uma missão heróica. Ele é Buliwyf, e o conheço desde criança, quando viajei pelas águas até o reino de Yatlam. Ele é filho de Higlac, que foi meu distinto anfitrião, e agora o seu filho vem a mim no meu tempo de necessidade e sofrimento.

Rothgar então chamou os guerreiros, convidando-os a entrar no grande vestíbulo. Presentes foram trazidos e houve celebrações.

Buliwyf então falou, um extenso discurso que Herger não quis traduzir, uma vez que falar ao mesmo tempo que Buliwyf seria um desrespeito. Todavia, o significado era o seguinte: Buliwyf soubera das dificuldades de Rothgar, lamentava por estas dificuldades, o próprio reino de seu pai fora destruído pelas mesmas dificuldades, e tinha vindo para salvar o reino de Rothgar dos males que o envolviam.

Contudo, eu não soube o que os nórdicos chamavam de males, ou como os consideravam, embora tivesse visto o trabalho das bestas que rasgavam homens em pedaços.

O rei Rothgar falou de novo, com alguma pressa. Por seu modo de falar deduzi que desejava dizer algumas palavras diante de seus guerreiros e condes que chegavam. Ele disse isto (segundo Herger):

– Ó Buliwyf, conheci seu pai quando eu próprio era um jovem, novo no trono. Agora estou velho e deprimido. Minha cabeça pende. Meus olhos umedecem de vergonha ao reconhecer minha fraqueza. Como vê, meu trono é quase um ponto estéril. Minhas terras estão se tornando um lugar selvagem. O que os demônios fizeram ao meu reino, não posso dizer. Freqüentemente à noite, meus guerreiros, valentes quando bebem, juram derrotar os demônios. E depois, quando a fria luz da aurora desliza sobre os campos nevoentos, vemos corpos ensangüentados por toda parte. Assim é o sofrimento da minha vida, e não falarei mais dele.

Agora um banco foi trazido e comida servida diante de nós. Perguntei a Herger o que significavam os "demônios" mencionados pelo rei. Herger ficou furioso e disse que eu não tornasse a perguntar isto.

Naquela noite houve uma grande celebração, e o rei Rothgar e sua rainha Weilew, numa vestimenta gotejante de pedras preciosas e ouro, presidiam sobre guerreiros e condes do reino de Rothgar. Estes nobres eram um bando de inúteis; eram velhos, bebiam demais e muitos estavam aleijados ou feridos. Nos olhos de todos via-se o olhar vago de medo, e havia um vazio em sua alegria também.

Estava presente também o filho chamado Wiglif, do qual falei anteriormente, o filho de Rothgar que matara três de seus irmãos. Este homem era jovem e esbelto, com uma barba loura e olhos que nunca se fixavam em coisa alguma, mas moviam-se para lá e para cá o tempo todo; ele também nunca sustentava o olhar de outra pessoa. Herger disse, ao vê-lo:

– Ele é uma raposa. – Quis dizer com isto que ele era uma pessoa ardilosa e inconstante, de conduta falsa, pois o povo do Norte acredita que a raposa é um animal que pode assumir qualquer forma que lhe agrade.

Agora, em meio às festividades, Rothgar mandou que seu arauto fosse até as portas do vestíbulo Hurot, e o arauto relatou que a névoa não desceria aquela noite. Houve muita felicidade e comemoração por causa deste anúncio de que a noite seria clara; todos se alegraram, exceto Wiglif.

Num determinado momento, o filho Wiglif levantou-se e disse:

– Bebo em honra aos nossos convidados, especialmente Buliwyf, um valoroso e autêntico guerreiro que veio nos ajudar em nossa dificuldade... embora ela possa se constituir num obstáculo grande demais para ele superar.

Herger me sussurrou estas palavras, que entendi como um elogio e um insulto ao mesmo tempo.

Todos os olhos se voltaram para Buliwyf, à espera de sua resposta. Buliwyf se levantou e olhou para Wiglif; depois disse:

– Não tenho medo de nada, nem mesmo do demônio inexperiente que se arrasta à noite para matar homens em seu sono.

Apreendi isto como alusão ao *wendol*, mas Wiglif ficou pálido e agarrou a cadeira na qual se sentava.

– Está falando de mim? – disse, em voz trêmula.

Buliwyf deu sua resposta:

— Não, mas temo você mais do que aos monstros da névoa.

O jovem Wiglif persistiu, embora o rei Rothgar pedisse que se sentasse. Wiglif dirigiu-se a todos os nobres reunidos:

— Este Buliwyf, chegado das praias exteriores, parece possuidor de grande orgulho e grande força. Mesmo assim procurei testar esta têmpera, pois o orgulho pode tapar os olhos de qualquer homem.

Então vi acontecer o seguinte: um guerreiro forte, sentado à mesa perto da porta, atrás de Buliwyf, ergueu-se velozmente, pegou uma lança e atacou Buliwyf pelas costas. Tudo isto aconteceu em menos tempo que um homem leva para tomar fôlego.* Ainda assim, Buliwyf se virou, pegou uma lança e atingiu o guerreiro em pleno peito. Levantou o guerreiro acima da sua cabeça com a haste da lança e arremessou-o contra uma parede. Assim, o guerreiro ficou espetado na lança, os pés balançando acima do chão, chutando; a haste da lança estava cravada na parede do vestíbulo Hurot. O guerreiro morreu sem um gemido sequer.

Houve uma intensa comoção agora. Buliwyf voltou-se para encarar Wiglif, e disse:

— É assim que liquidarei qualquer ameaça.

E então, com grande imediatismo, Herger falou, em voz muito alta, fazendo vários gestos na minha direção. Eu estava muito confuso com estes acontecimentos, e na verdade meus olhos fixavam-se no guerreiro morto pendurado na parede.

Então, Herger virou-se para mim e disse em latim:

— Você deverá cantar uma canção para a corte do rei Rothgar. Todos desejam isto.

Perguntei a ele:

— O que cantarei? Não sei nenhuma canção.

---

* *Ducere spiritu*: literalmente, "inalar".

Ele replicou:

– Cantará qualquer coisa que alegre o coração. – E acrescentou: – Não mencione seu único Deus. Ninguém se preocupa com tais absurdos.

Na verdade, eu não sabia o que cantar, pois não era um menestrel. Passou-se algum tempo enquanto todos olhavam para mim, e houve silêncio no vestíbulo. Então, Herger me disse:

– Cante uma canção de reis e de bravura na batalha.

Repliquei que não conhecia muitas canções, mas que poderia contar-lhes uma fábula, que em minha terra era considerada alegre e divertida, o que Herger considerou uma sábia escolha.

Então contei a eles – o rei Rothgar, sua rainha Weilew, seu filho Wiglif, e a todos os condes e guerreiros reunidos – a história dos chinelos de Abu Kassim, que todos conhecem. Falei suavemente e sorri o tempo todo. No início os nórdicos se divertiram e riram, sacudindo suas barrigas.

Mas agora este estranho evento ocorreu. Enquanto eu prosseguia em minha narrativa, os nórdicos pararam de rir, e ficaram gradualmente sombrios, cada vez mais, e quando terminei a história não houve risos, mas sim um silêncio lúgubre.

Herger me disse:

– Você não poderia saber, mas esta não é uma história para risos, e agora preciso compensar.

Em seguida ele falou sobre alguma coisa que considerei ser uma piada à minha custa, e houve riso geral, e por fim os festejos recomeçaram.

A história dos chinelos de Abu Kassim é antiga na cultura árabe, e bem conhecida de Ibn Fadlan e seus companheiros cidadãos de Bagdá.

A história possui muitas versões, e pode ser narrada breve ou elaboradamente, dependendo do entusiasmo do narrador. Resumindo, Abu Kassim é um rico mercador sovina que deseja esconder o fato de sua riqueza, a fim de conseguir melhores barganhas em seu negócio. Para dar aparência de pobreza, ele usa um par de chinelos especialmente deplorável e espalhafatoso, esperando enganar as pessoas, mas em vão. Em vez disso, o povo o considera tolo e ridículo.

Um dia Abu Kassim fecha um negócio de vidraria especialmente importante, e decide comemorar, não da maneira aceita de receber os amigos numa festa, mas concedendo-se o pequeno luxo egoísta de uma visita aos banhos públicos. Ele deixa suas roupas e chinelos na ante-sala, e um amigo o censura por seus chinelos gastos e inadequados. Abu Kassim replica que eles ainda são úteis, e entra nos banhos com seu amigo. Mais tarde, um influente juiz também chega aos banhos e tira as roupas, deixando para trás um elegante par de chinelos. Enquanto isso, Abu Kassim sai dos banhos e não encontra seus chinelos velhos; no lugar deles acha um novo e belo par de chinelos e, achando que seria um presente de seu amigo, calça-os e vai embora.

Quando o juiz chega, vê que seus chinelos sumiram e tudo que pôde encontrar é um pobre e espalhafatoso par de chinelos, que todos sabem pertencer ao sovina Abu Kassim. O juiz fica furioso; servos são enviados para recuperar os chinelos sumidos; e eles logo são encontrados nos próprios pés do ladrão, que é levado perante o magistrado no tribunal e severamente multado. Abu Kassim amaldiçoa sua falta de sorte, e tão logo chega em casa joga os chinelos azarados pela janela, de onde vão cair no lodoso rio Tigre. Alguns dias depois, um grupo de pescadores sai para o seu trabalho e encontra no meio de alguns peixes os chinelos de Abu Kassim; os pregos dos chinelos tinham cortado suas redes. Furiosos, eles jogam os chinelos encharcados por uma janela, que por acaso é a de Abu Kassim; os chinelos caem sobre a vidraria recém-comprada e quebram tudo. Abu Kassim está arrasado, e lamenta-se como só um avarento sabe fazer. Ele jura que os deploráveis chinelos não irão mais aquecê-lo e, para certificar-se, vai para o jardim com uma pá e os enterra. Enquanto faz isto, o vizinho do lado vê Abu Kassim cavando, uma tarefa reles mais adequada a um criado. O vizinho presume que se o dono da casa está ele mesmo fazendo a tarefa, é porque deve estar enterrando um tesouro.

O vizinho vai então ao califa e denuncia Abu Kassim pois segundo as leis da terra, qualquer tesouro encontrado no solo é de propriedade do califa.

Abu Kassim é chamado perante o califa, e quando revela que enterrou somente um par de chinelos velhos, a corte ri ruidosamente com a tentativa óbvia do mascate de tentar ocultar o verdadeiro e ilegal propósito. O califa está furioso com a tentativa de ser enganado com uma mentira tão tola, e aumenta o tamanho da multa. Abu Kassim fica arrasado com a sentença, mesmo assim é obrigado a pagar.

Abu Kassim está agora determinado a livrar-se dos chinelos de uma vez por todas. Para certificar-se de não ter mais encrencas, faz uma peregrinação fora da cidade e joga o chinelos num poço distante, observando-os afundar com satisfação. Mas o poço abastece o suprimento de água da cidade e finalmente os chinelos entopem os canais; guardas despachados para acabar com o entupimento acham os chinelos e os identificam, pois todos conhecem os chinelos do notório sovina. Abu Kassim é novamente levado perante o califa, sob a acusação de poluir a água da cidade, e a multa é maior do que antes. Os chinelos voltam para ele. Agora Abu Kassim manda queimar os chinelos, mas eles continuam molhados, de modo que são colocados na varanda para secar. Um cachorro os vê e brinca com eles. Um dos chinelos cai de suas mandíbulas e acerta uma mulher que passava. A mulher está grávida, e a força do golpe provoca um aborto. O marido corre à justiça pedindo indenização, no que é plenamente bem-sucedido, e Abu Kassim, agora um homem arrasado e empobrecido, é obrigado a pagar.

A lei árabe, dissimulantemente literal, declara que esta história ilustra que os infortúnios podem ocorrer a um homem que não troca seus chinelos com bastante freqüência. Mas, indubitavelmente, a tendência oculta da história, a idéia de um homem que não consegue livrar-se de um fardo, foi o que perturbou os nórdicos.

A noite transcorreu com mais celebrações e todos os guerreiros de Buliwyf divertem-se de uma maneira despreocupada. Vi o filho Wiglif olhar fixamente para Buliwyf antes de deixar o vestíbulo, mas este não prestou atenção, preferindo entregar-se aos cuidados de garotas escravas e mulheres livres. Algum tempo depois, dormiu.

Despertei pela manhã com os sons de marteladas e, aventurando-me pelo vestíbulo Hurot, descobri todas as pessoas do reino de Rothgar empenhadas num trabalho de instalações de defesa. Estas estavam sendo traçadas de uma maneira preliminar: cavalos arrastavam lotes de postes de cercas, cujas pontas os guerreiros aguçavam; o próprio Buliwyf dirigia os trabalhos de colocação das defesas, fazendo rabiscos na terra com a ponta de sua espada. Para isto ele não usava sua grande espada Runding, e sim uma outra espada; não sei se havia uma razão para isto.

Por volta da metade do dia, a mulher que era chamada de anjo da morte* veio e colocou ossos no solo, fazendo encantamentos sobre eles e anunciando que a névoa não viria aquela noite. Ao ouvir isto, Buliwyf mandou interromper todo o trabalho e um grande banquete foi preparado. Neste particular, todas as pessoas cooperaram e cessaram seus esforços. Perguntei a Herger por que haveria um banquete, mas ele replicou que eu fazia perguntas demais. É bem verdade que eu escolhera um péssimo momento para perguntar, pois ele se postava diante de uma jovem escrava loura que sorria calorosamente em sua direção.

Agora, na parte final do dia, Buliwyf reuniu todos os guerreiros e disse-lhes que se preparassem para a batalha.

---

* Este não é o mesmo "anjo da morte" que estava com os nórdicos às margens do Volga. Aparentemente, cada tribo tinha uma velha que desempenhava funções xamânicas e era conhecida como "o anjo da morte". Este é portanto um termo genérico.

Eles assentiram, desejando sorte um para o outro, enquanto a toda nossa volta o banquete estava ficando pronto.

O banquete da noite foi mais ou menos como o anterior, embora os nobres e condes de Rothgar tivessem comparecido em menor número. De fato, descobri que muitos deles não iriam estar presentes por temor do que aconteceria no vestíbulo Hurot naquela noite, pois parecia que este lugar era o centro do interesse do demônio na área, que ele cobiçava o vestíbulo Hurot ou algo similar – não pude ter certeza do significado.

Este banquete não foi agradável para mim, devido à minha apreensão pelos acontecimentos iminentes. Contudo, este fato ocorreu: um nobre mais velho falava latim, e também um pouco dos dialetos ibéricos, pois quando jovem viajara para a região do califado de Córdoba, e entabulei conversa com ele. Nesta circunstância, simulei um conhecimento que não tinha, como irão ver.

Ele falou-me o seguinte:

– Então você é o estrangeiro que será o número treze?
– Confirmei e ele continuou: – Você deve ser extremamente valente, e eu o saúdo por sua bravura.

A isto dei alguma fútil resposta cortês, explicando que eu era um covarde em comparação com os outros do grupo de Buliwyf; o que, de fato, era a pura verdade.

– Não importa – disse o velho, que era pródigo no copo, tendo bebido até o licor da região, uma desprezível beberagem que eles chamam de hidromel, embora seja forte –, ainda assim, você continua sendo um homem valente para enfrentar o *wendol*.

Agora senti que finalmente poderia aprender sobre temas de maior substância. Repeti para o velho um ditado do nórdicos, que Herger uma vez me contara:

– Animais morrem, amigos morrem, e eu morrerei, mas uma coisa nunca morre, que é a reputação que deixamos após nossa morte.

O velho deu uma gargalhada desdentada ao ouvir isto; estava contente por eu conhecer um provérbio nórdico. Disse:

— Está certo, mas o *wendol* tem uma reputação também.

— É mesmo? — repliquei. — Não estou sabendo disso.

A isto o velho retrucou que eu era um estrangeiro, e que ele consentira em me instruir, e contou-me que o nome "*wendol*", ou "*windon*", é muito antigo, tão velho quanto quaisquer dos povos do país do Norte, e quer dizer "a névoa negra". Para os nórdicos, significa uma névoa que traz, sob a cobertura da noite, demônios negros que assassinam, matam e comem a carne dos seres humanos.*

---

* Os escandinavos estavam aparentemente mais impressionados com a ação furtiva e maligna da criatura do que com o fato de seu canibalismo. Jensen sugere que o canibalismo seria repugnante para os nórdicos porque tornava mais difícil a entrada no Valhalla; não há prova para este ponto de vista.

Todavia, para Ibn Fadlan, com sua profunda erudição, a noção de canibalismo podia envolver algumas dificuldades na vida após a morte. O Devorador dos Mortos é uma criatura bem conhecida na mitologia egípcia, uma besta temível com cabeça de crocodilo, tronco de leão e costas de hipopótamo. Este Devorador dos Mortos devora os iníquos após seu julgamento.

Vale recordar que na maior parte da história humana, o canibalismo ritual, de uma forma ou outra, por um motivo ou outro, não era raro nem extraordinário. O homem de Pequim e o homem de Neandertal foram evidentemente canibais: como o foram, em diversas épocas, os citas, os chineses, os irlandeses, os peruanos, os maiorunas, os jagas, os egípcios, os aborígines da Austrália, os maoris, os gregos, os hurons, os iroqueses, os pawnees e os ashantis.

Durante a época em que Ibn Fadlan esteve na Escandinávia, outros mercadores árabes estiveram na China, onde registraram que carne humana — classificada como "carneiro de duas patas" — era aberta e legalmente vendida nos mercados.

Martinson sugere que os nórdicos achavam o canibalismo *wendol* repelente porque acreditavam que a carne dos guerreiros era alimento para mulheres, especialmente a mãe do *wendol*. Não há prova para esta opinião, tampouco, mas certamente isto tornaria mais vergonhosa a morte de um guerreiro nórdico.

Os demônios são peludos e repulsivos ao toque e ao cheiro, são ferozes e astutos; não falam a língua de nenhum homem e ainda assim conversam entre si; chegam com a bruma da noite e desaparecem de dia – para onde nenhum homem ousava seguir.

O velho disse-me o seguinte:

– Você pode conhecer de muitas maneiras as regiões onde habitam os demônios da névoa negra. De tempos em tempos, guerreiros montados saem à caça do veado levando cães, perseguindo o veado sobre colina e várzea, por muitos quilômetros de floresta e campo aberto. E então o veado chega a um pequeno lago pantanoso nas montanhas, ou a um charco de água salobra, e aí ele vai parar, preferindo ser rasgado pelas mordidas dos cães a entrar naquela região repulsiva. Assim conhecemos as áreas onde o *wendol* vive e, deste modo, sabemos que nem mesmo os animais entrarão nelas.

Exprimi um espanto exagerado a esta narração, a fim de obter mais informações do velho. Herger me viu, então, lançando-me um olhar ameaçador, mas não liguei.

O velho continuou:

– Nos velhos dias, a névoa negra era temida por todos os nórdicos de cada região. Desde o tempo de meu pai, e do pai do pai dele, que nenhum nórdico viu a névoa negra, e alguns dos jovens guerreiros nos consideram velhos, tolos a recordar as antigas lendas de seu horror e pilhagens. Embora os chefes dos nórdicos em todos os reinos, mesmo na Noruega, tenham sido sempre preparados para a volta da névoa negra. Todas as nossas cidades e fortalezas são protegidas e defendidas da terra. Desde o tempo do pai do pai do meu pai que nossos povos têm agido assim, e nunca viram a névoa negra. Agora ela voltou.

Perguntei por que a névoa negra tinha voltado, e ele baixou a voz para dar esta resposta:

– A névoa negra vem da vaidade e fraqueza de Rothgar, que tem ofendido os deuses com seu tolo esplendor e tentado os demônios com a localização de seu grande vestíbulo, que não é protegido da terra. Rothgar está velho e sabe que não será lembrado por batalhas travadas e vencidas, e portanto construiu este esplêndido vestíbulo, que é comentado em todo o mundo e satisfaz sua vaidade. Rothgar age como um deus, embora seja um homem, e os deuses mandaram a névoa negra para fustigá-lo e dar-lhe uma lição de humildade.

Eu disse ao velho que talvez Rothgar estivesse ressentido com o reino. Ele respondeu:

— Nenhum homem é tão bom para estar livre do mal, nem tão mau para ser igual a nada. Rothgar é um rei justo e seu povo prosperou em toda a vida dele. A sabedoria e a riqueza do seu reinado estão aqui, no vestíbulo Hurot, e elas são esplêndidas. Sua única falha foi ter esquecido a defesa, pois temos um ditado: "Um homem nunca deve se afastar um passo de suas armas." Rothgar não tem armas; está desdentado e fraco; e a névoa negra penetra livremente pela terra.

Eu desejava saber mais, porém o velho estava cansado. Afastou-se de mim e logo caiu no sono. Na verdade, a comida e a bebida da hospitalidade de Rothgar eram fartas, e muitos dos nobres e condes estavam modorrentos.

Da mesa de Rothgar direi o seguinte: que cada homem tinha uma toalha de mesa e prato, colher e faca; que o alimento era porco e cabrito cozidos, e também peixe, pois os nórdicos preferem bem mais a carne cozida a assada. Havia fartura de repolhos e cebolas, e maçãs e avelãs. Serviram-me uma carne polpuda adocicada que eu nunca provara antes; disseram-me que era de alce, ou cervo-da-chuva.

A bebida suja chamada hidromel é feita do mel e depois fermentada. É a coisa mais amarga, preta e desprezível um dia inventada por um homem, e ainda assim é mais forte do que tudo conhecido; uns poucos goles, e o mundo começa a girar. Mas eu não bebo, louvado seja Alá.

Notei agora que Buliwyf e todo o seu grupo não beberam aquela noite, ou apenas com moderação, e Rothgar não considerou isto nenhum insulto, mas sim reconheceu-o como o curso natural das coisas. Não houve vento aquela noite; as velas e chamas do vestíbulo Hurot não piscaram, embora houvesse frio e umidade. Vi com meus próprios olhos que lá fora a névoa estava surgindo das colinas, bloqueando a luz prateada da lua e cobrindo tudo com negrume.

Enquanto a noitada prosseguia, o rei Rothgar e sua rainha se recolheram para dormir, e as portas maciças do vestíbulo Hurot foram trancadas e bloqueadas. Os nobres e condes ali permaneceram, num estupor de bêbados e roncando alto.

Depois Buliwyf e seus homens, ainda usando suas armaduras, percorreram o salão, apagando as velas e verificando as lareiras, que deveriam arder em fogo baixo e fraco. Perguntei a Herger o que significava isto, e ele me mandou orar por minha vida e fingir dormir. Deram-me uma arma, uma espada curta, mas isto pouco me consolava; não sou um guerreiro e sei disso muito bem.

Na verdade, todos os homens fingiam dormir. Buliwyf e seus homens juntaram-se aos corpos adormecidos dos condes do rei Rothgar, que estavam realmente roncando. Não sei quanto tempo esperamos, pois acho que eu mesmo dormi um pouco. Depois, de repente, eu estava desperto, numa espécie de aguda vigilância antinatural; não estava entorpecido, mas sim instantaneamente tenso e alerta, ainda deitado numa pele de urso no chão do grande vestíbulo. Era noite escura; as velas no vestíbulo ardiam baixas, e uma leve brisa soprava através do vestíbulo e fazia tremular as chamas amarelas.

E depois ouvi um grunhido baixo, como o fuçar de um porco, trazido até mim pela brisa, e senti um odor rançoso, como a podridão de uma carcaça após um mês, e fiquei bastante receoso. Este fuçar – de que mais posso chamá-lo? –, grunhido, rosnado, rouco, se tornava mais alto e mais excitado. Vinha de fora, de um dos lados do vestíbulo. Depois o ouvi chegar de outro lado, e depois de outro, e mais outro. Na verdade, o vestíbulo estava cercado.

Apoiei-me sobre um cotovelo, meu coração batendo, e olhei em torno do vestíbulo. Nenhum dos guerreiros adormecidos se movia, e ainda assim lá estava Herger, deitado com os olhos bem abertos. E também Buliwyf, a respiração ressonante e os olhos igualmente bem abertos. Daí concluí que todos os guerreiros de Buliwyf estavam esperando para combater o *wendol*, cujos sons agora enchiam o ar.

Por Alá, não existe medo maior do que aquele do qual não se sabe a causa. Quanto tempo fiquei deitado sobre a pele de urso, ouvindo o grunhido do *wendol* e sentindo seu fétido odor! Quanto tempo esperei sem saber pelo quê, pelo início de alguma batalha mais temível na expectativa do que seria no combate. Recordei que os nórdicos têm um ditado laudatório que gravam nas lápides dos guerreiros nobres, que é: "Ele não fugiu à luta." Nenhum guerreiro de Buliwyf fugiu aquela noite, embora os sons e o fedor os envolvessem por todos os lados, uma hora mais fortes, outra hora mais fracos, depois de uma direção, depois de outra. E ainda assim eles esperaram.

Então veio o momento mais temível. Todos os sons cessaram. Houve silêncio total, exceto pelo ronco dos homens e o baixo estalar do fogo. Ainda assim, nenhum dos guerreiros de Buliwyf se agitou.

E depois houve um poderoso estrondo contra as sólidas portas do vestíbulo Hurot, e as portas se abriram com violência, e um golpe de ar infecto derreteu todas as velas, e a névoa negra entrou no salão. Eu não soube contar seu número: na verdade milhares de formas negras grunhindo, e mesmo assim não seriam mais que cinco ou seis, enormes formas negras que dificilmente seriam humanas, mas que também pareciam humanas.

O ar tresandou a sangue e morte; eu estava com frio além da razão, e tremia. Ainda assim, nenhum guerreiro se moveu.

Então, com um grito congelante de acordar os mortos, Buliwyf deu um salto e rodopiou em seus braços a espada gigante Runding, que chiou como uma chama crepitante enquanto cortava o ar. E seus guerreiros saltaram com ele, e todos se juntaram ao combate. Os gritos dos homens se misturaram com os grunhidos suínos e os odores da névoa negra, e houve terror e confusão, e grande destruição e laceração no vestíbulo Hurot.

Até eu, que não tinha estômago para batalhas, fui atacado por um desses monstros da névoa, que se acercou de mim. Vi olhos vermelhos reluzentes – na verdade, vi olhos que brilhavam como fogo, e senti o mau cheiro, e fui fisicamente erguido e arremessado através do salão tal como uma criança arremessa um seixo. Bati na parede e caí no chão, ficando bastante atordoado pelos momentos seguintes, de modo que tudo à minha volta era mais confuso do que real.

Lembro mais distintamente do toque desses monstros sobre mim, em especial do aspecto peludo dos corpos, pois esses monstros da névoa têm pêlos tão compridos e espessos quanto um cachorro peludo, em todas as partes de seus corpos. E lembro do hálito fétido do monstro que me arremessou.

Não sei por quanto tempo a batalha campeou, mas ela encerrou-se mais subitamente que um momento. E então a névoa negra se foi, escapuliu, grunhindo, arfando e fedendo, deixando para trás destruição e morte que só pudemos avaliar depois que círios novos foram acesos.

Aqui vão os resultados da batalha. Do grupo de Buliwyf, três estavam mortos: Roneth e Halga, ambos condes, e Edghto, guerreiro. O primeiro, teve seu peito rasgado;

o segundo, a espinha quebrada; o terceiro teve a cabeça arrancada da maneira que eu já havia testemunhado. Todos esses guerreiros estavam mortos.

Dois outros, Haltaf e Rethel, estavam feridos. Haltaf havia perdido uma orelha, e Rethel dois dedos da mão direita. Nenhum dos dois estava mortalmente ferido, e não se queixavam, pois é típico dos nórdicos suportar animadamente os ferimentos e louvar acima de tudo a conservação da vida.

Quanto a Buliwyf, Herger e todos os outros, estavam ensopados de sangue como se tivessem se banhado nele. Agora direi o que muitos não irão acreditar: nosso grupo não matou nenhum dos monstros da névoa. Cada um deles tinha escapado, alguns talvez mortalmente feridos, mas ainda assim haviam escapado.

Herger assim falou:

– Vi dois deles carregando um terceiro, que estava morto.

Talvez tenha sido assim, pois todos geralmente faziam o mesmo. Descobri que os monstros da névoa nunca abandonam um de sua espécie entre os homens; pelo contrário, correm riscos enormes para resgatá-lo do alcance humano. Da mesma forma também não medirão esforços para manter uma cabeça de vítima. Não conseguimos achar a cabeça de Edgtho em parte alguma; os monstros a haviam levado com eles.

Então Buliwyf falou e Herger assim me traduziu suas palavras:

– Vejam, conservei um trofeu das façanhas da noite sangrenta. Vejam, eis aqui o braço de um dos demônios.

E, fiel ao seu trabalho, Buliwyf segurou o braço de um dos monstros da névoa, cortado à altura do ombro com a grande espada Runding. Todos os guerreiros se amontoaram em torno para examiná-lo. Notei que era assim: parecia ser pequeno, com a mão de tamanho anormalmente grande.

Mas o antebraço e a parte superior não eram tão grandes quanto a mão, embora os músculos fossem poderosos. Havia pêlos longos e emaranhados por todo o braço, exceto na palma da mão. Desnecessário dizer que o braço fedia como o animal inteiro, aquele odor fétido da névoa negra.

Todos os guerreiros agora saudavam Buliwyf e sua espada Runding. O braço do demônio foi dependurado nos caibros do grande vestíbulo Hurot, e espantou a todo o povo do reino de Rothgar. Assim terminou a primeira batalha contra o *wendol*.

OS EVENTOS QUE SE SEGUIRAM À PRIMEIRA BATALHA

Na verdade, o povo do país do norte nunca age como seres humanos de razão e bom senso. Após o ataque dos monstros da névoa e sua debandada frente aos guerreiros de Buliwyf, eu entre eles, os homens do reino de Rothgar nada fizeram.

Não houve comemoração nem festividades, nenhum júbilo ou demonstração de felicidade. As pessoas do reino chegavam de toda parte para ver o braço balouçante do demônio, que pendia do grande vestíbulo, e isto eles saudaram com grande pasmo e espanto. Mas o próprio Rothgar, o velho meio cego, não denotou satisfação, nem ofereceu presentes a Buliwyf e seu grupo, nem planejou festejos, nem deu-lhe escravas, prata, trajes de luxo ou qualquer outro símbolo de homenagem.

Contrário a qualquer expressão de prazer, o rei Rothgar manteve uma face severa e solene, e parecia mais receoso do que estivera antes. Eu mesmo, embora não falasse isto em voz alta, suspeitava que Rothgar preferia sua antiga condição, antes que a névoa negra fosse derrotada.

Buliwyf tampouco estava diferente. Disse que não queria cerimônias, festejos, comida ou bebida. Os nobres que haviam morrido valentemente na batalha da noite foram colocados em suas covas com um telhado de madeira no topo, e deixados lá para os dez dias prescritos. Havia pressa neste assunto.

Apenas na hora de depositar os guerreiros mortos é que Buliwyf e seus camaradas mostraram felicidade, ou permitiram-se alguns sorrisos. Após passar mais tempo entre os nórdicos, aprendi que eles sorriem ante qualquer morte em combate, pois isto é prazer extraído em benefício da pessoa morta, e não dos vivos. Eles sentem prazer quando algum homem morre a morte do guerreiro. O oposto também é sustentado como verdade por eles; os nórdicos se condoem quando um homem morre durante o sono, ou num leito. Eles dizem de tal homem: "Ele morreu como uma vaca na palha." Isto não é insulto, mas um motivo para lamentar a morte.

Os nórdicos acreditam que o modo como um homem morre determina sua condição na vida após a morte, e valorizam acima de tudo a morte de um guerreiro na batalha. A "morte na palha" é vergonhosa.

Qualquer homem que morre no leito eles consideram como estrangulado pela *maran*, ou égua da noite. Esta criatura é uma mulher, o que faz disto uma morte vergonhosa, pois morrer às mãos de uma mulher é a mais degradante de todas as coisas.

Eles também dizem que morrer sem as armas é degradante, e um guerreiro nórdico sempre dormirá com suas armas, de modo que, se a *maran* surgir à noite, ele as terá ao alcance. Raramente um guerreiro morre de alguma doença, ou debilitado pela idade. Soube de um rei chamado Ane que viveu até uma idade avançada e tornou-se criança; sem dentes e sobrevivendo de alimentação infantil, passou o resto de seus dias na cama, bebendo leite servido num chifre. Mas disseram que isto é muito raro no país do Norte. Meus próprios olhos viram pouquíssimos homens idosos, quero dizer, idosos a ponto de sua barba branca cair do queixo e da face.

Várias mulheres chegam à longevidade, especialmente como aquelas anciãs que chamam de anjo da morte; estas velhas são consideradas possuidoras de poderes mágicos na cura de ferimentos, colocação de encantamentos, expulsão de influências malignas e previsão do futuro.

As mulheres do povo do Norte não lutam entre si, e com freqüência eu as vi intercedendo numa crescente rixa ou duelo entre dois homens, esfriando a raiva em ascensão. Isto elas farão especialmente se os guerreiros estão embotados ou lerdos pela bebida. É o que mais acontece.

Mas os nórdicos, que bebem muito em todas as horas do dia e da noite, se abstêm por completo no dia seguinte a uma batalha. Raramente o povo de Rothgar ofereceu-lhes uma taça, e quando isto aconteceu, ela foi recusada. Foi o que mais me intrigou, e o comentei finalmente com Herger.

Ele sacudiu os ombros, no gesto nórdico que indica desinteresse ou indiferença.

– Todo mundo está com medo – disse ele.

Perguntei por que ainda haveria razão para ter medo, e ele falou o seguinte:

– É porque eles sabem que a névoa negra retornará.

Agora admito que eu estava enfatuado com a arrogância de um homem de luta, embora na verdade soubesse que não era digno de tal posição. Mesmo assim, sentia-me satisfeito com minha sobrevivência, e o povo de Rothgar me tratava como membro de um grupo de poderosos guerreiros. Falei, corajosamente:

– E quem se importa com isso? Se ela vier de novo, nós a derrotaremos uma segunda vez.

De fato, eu estava vaidoso como um galo jovem, e fiquei desconcertado agora ao pensar na minha empáfia. Herger respondeu:

– O reino de Rothgar não tem mais guerreiros ou condes que lutem; eles morreram há muito tempo, e devemos defender o reino sozinhos. Ontem éramos treze. Hoje somos dez, e desses dez dois estão feridos e não podemos contar com o grupo completo. A névoa negra está furiosa, e vai querer uma vingança terrível.

Eu disse a Herger, que havia sofrido alguns ferimentos superficiais na luta – nada comparáveis às marcas de mandíbulas no meu próprio rosto, que eu suportava orgulhosamente –, que não temia nem um pouco o que os demônios fariam.

Ele respondeu lacônico que eu era um árabe e que nada entendia sobre os costumes do país do Norte, e acrescentou que a vingança da névoa negra seria terrível e profunda. Ele disse:

– Eles voltarão com Korgon.

Não entendi o sentido da palavra.

– O que é Korgon?

– O dragão-pirilampo, que ataca através do ar.

Isto parecia fantasioso, mas eu já vira os monstros do mar exatamente como eles diziam que tais bestas de fato existiam, e também vi a fisionomia cansada e tensa de Herger, e percebi que ele acreditava na existência do dragão-pirilampo. Falei:

– Quando Korgon virá?

– Talvez esta noite – disse Herger.

Na verdade, mesmo enquanto ele falava, vi que Buliwyf, embora sem dormir durante toda a noite e com os olhos vermelhos e pesados de fadiga, dirigia mais uma vez a construção das defesas em torno do vestíbulo Hurot. Todas as pessoas do reino trabalhavam – crianças, mulheres e velhos, bem como as escravas – sob a direção de Buliwyf e seu lugar-tenente Ecthgow.

Eles faziam o seguinte: em torno do perímetro do vestíbulo Hurot e prédios adjacentes, aqueles que constituíam as moradas do rei Rothgar e alguns dos seus nobres, e as rústicas cabanas das escravas dessas famílias, e uma ou outra dos fazendeiros que viviam mais perto do mar, Buliwyf ergueu uma espécie de cerca de lanças e postes cruzados com pontas afiadas. Esta cerca não era mais alta que os ombros de um homem, e embora as portas fossem aguçadas e ameaçadoras, eu não via qual o valor dessa defesa, pois homens poderiam escalá-la facilmente.

Comentei isto com Herger, que me chamou de árabe idiota. Herger estava de péssimo humor.

Agora uma defesa adicional foi construída, um fosso ao redor da cerca de estacas, a um passo e meio além. Este fosso era bastante peculiar. Não era profundo, não mais que da altura dos joelhos de um homem, e na maioria das vezes nem isso. Foi cavado desnivelado, de modo que em certos trechos era raso, em outros mais profundos, com pequenas covas. E em alguns locais foram cravadas pequenas lanças com as pontas para cima.

Para mim a utilidade deste fosso insignificante não era melhor que a da cerca, mas nada perguntei a Herger, já sabendo como estava o seu humor. Em vez disso, ajudei nos trabalhos o melhor que pude, parando apenas uma vez para me aproveitar de uma escrava à moda nórdica, pois a excitação da batalha noturna e os preparativos do dia me haviam enchido de energia.

Durante minha jornada com Buliwyf e seus guerreiros Volga acima, Herger me contara que mulheres desconhecidas, especialmente se atraentes e sedutoras, não eram confiáveis. Acrescentara que no meio das florestas e lugares selvagens do país do Norte vivem mulheres que são chamadas de mulheres dos bosques. Essas mulheres atraem os homens por sua beleza e palavras ternas, embora, quando um homem se aproxima delas, descubra que são ocas na parte de trás, que são aparições. Então as mulheres dos bosques lançam um encantamento sobre o homem seduzido e ele se torna seu escravo.

Herger tinha portanto me prevenido, e é verdade que foi com apreensão que me aproximei da escrava, porque não a conhecia. Apalpei-lhe as costas e ela riu, pois já sabia a razão do toque, e me garantiu que não era um espírito dos bosques. Senti-me um tolo na ocasião, e amaldiçoei-me por acreditar em superstições pagãs. Embora tenha descoberto que se todos à sua volta acreditam em determinada coisa, você acaba tentado a compartilhar tal crença, e foi o que se deu comigo.

As mulheres do país do Norte são tão pálidas quanto os homens, e igualmente tão altas; a maioria delas me olhava de cima. As mulheres têm olhos azuis e usam o cabelo muito comprido, mas ele é fino e fica emaranhado com facilidade. Por isso elas o amarram à nuca ou sobre a cabeça; como auxílio a isto elas criaram para si uma infinidade de broches e alfinetes de prata ou madeira trabalhadas. Isto constitui seu principal adorno. A esposa de um homem rico também usa correntes de ouro e prata, como já disse antes. As mulheres também apreciam braceletes de prata, modelados no formato de dragões e serpentes, e costumam usá-los entre o cotovelo e o ombro. Os desenhos do povo do Norte são intrincados e entrelaçados, como se para reproduzir o entrelaçamento de galhos de árvores ou serpentes; estes desenhos são muito bonitos.*

O povo do Norte se considera perspicaz no julgamento da beleza das mulheres. Mas na verdade, todas as suas mulheres parecem emaciadas a meus olhos, seu corpo todo anguloso e encrespado por ossos; seus rostos também são ossudos e bochechudos. Os nórdicos prezam e valorizam estas qualidades, embora uma mulher assim jamais atraísse um olhar na Cidade da Paz, não sendo considerada melhor do que um cão faminto com costelas à mostra. As nórdicas têm costelas que se projetam tal e qual.

Não sei por que as mulheres são tão magras, pois comem avidamente e tanto quanto os homens, embora não acumulem carne em cima dos corpos.

As mulheres também não exibem deferência, ou qualquer comportamento pudico; elas nunca usam véu

---

* Um árabe seria especialmente propenso a pensar assim, pois a arte religiosa islâmica tende a ser não-representativa e em qualidade muito parecida com a arte escandinava, que com freqüência parece preferir o desenho puro. Todavia, os nórdicos não têm injunções contra representações de deuses, e com freqüência as fazem.

e ficam à vontade em lugares públicos, enquanto seguem seus impulsos. Da mesma maneira, avançam atrevidamente sobre qualquer homem que as interesse, como se elas próprias fossem homens; e os guerreiros nunca as censuram por isto. Assim acontece mesmo se a mulher é escrava, pois, como eu disse, os nórdicos são muito amáveis e tolerantes com seus escravos, especialmente as mulheres.

Conforme o dia avançava, vi claramente que as defesas de Buliwyf não estariam terminadas ao cair da noite, nem a cerca de estacas nem o fosso raso. Buliwyf também percebeu isto e comunicou ao rei Rothgar, que consultou a anciã. Esta velha, que era idêntica e tinha barba como um homem, matou uma ovelha e espalhou as vísceras* no chão. Depois ela entoou uma espécie de cântico, que durou longo tempo, e fez muitas súplicas ao céu.

Devido ao humor de Herger, abstive-me de interrogá-lo a respeito. Em vez disso, observei os outros guerreiros de Buliwyf, que olhavam para o mar. O oceano estava cinzento e encapelado, o céu plúmbeo, mas uma forte brisa soprava na direção da terra. Isto satisfez os guerreiros, e adivinhei a razão: uma brisa do mar na direção da terra evitaria que a névoa descesse das colinas. Isto era verdade.

Ao cair da noite, o trabalho nas defesas foi interrompido, e para minha perplexidade Rothgar deu outro banquete de magníficas proporções; e nesta noite, enquanto eu

---

* Literalmente, "veias". A frase árabe induziu a algum erro cultural. E.D. Graham escreveu, por exemplo, que "os vikings previam o futuro com o ritual de cortar as veias dos animais e espalhá-las no chão". Isto é quase certamente errado; a frase árabe para limpeza de um animal é "cortar as veias", e Ibn Fadlan está aqui se referindo à prática comum de adivinhação através do exame das entranhas. Os lingüistas, que lidam o tempo todo com tais frases vernaculares. adoram discrepâncias no significado; um exemplo favorito de Halstead é o aviso em inglês "*Look out*" [literalmente "olhe lá fora"], que em geral indica que alguém deveria fazer exatamente o oposto e procurar abrigo.

observava, Buliwyf, Herger e os outros guerreiros beberam bastante hidromel e se divertiram como se isentos de quaisquer preocupações mundanas. Aproveitaram-se das escravas e depois imergiram num sono chiado e letárgico.

Agora descobri também o seguinte: cada um dos guerreiros de Buliwyf escolhera entre as escravas aquela de sua especial preferência, embora sem excluir as outras. Bêbado, Herger me falou da mulher que era sua favorita:

– Ela morrerá comigo, se preciso for.

Daí apreendi que cada um dos guerreiros de Buliwyf selecionara uma mulher que morreria por ele na pira funerária, e que ele trataria esta mulher com mais cortesia e atenção do que as outras; pois eram visitantes neste país, e não possuíam escravas próprias que pudessem ser obrigadas pela parentela a cumprir a ordem.

Agora, no período inicial de meu tempo entre os naturais de Venden, as mulheres nórdicas não se aproximariam de mim, por causa de minha pele e cabelo escuros, mas havia muitos suspiros e olhares em minha direção, e risinhos de uma para outra. Vi que estas mulheres sem véu, todavia, usariam as próprias mãos como véus de vez em quando, especialmente quando estavam rindo. Então eu perguntaria a Herger por que elas faziam aquilo, pois eu não desejava me comportar de maneira contrária aos costumes nórdicos.

Herger deu sua resposta:

– As mulheres acreditam que os árabes são como garanhões, pois assim ouviram correr o boato.

Nem isto me causou maior espanto, pela seguinte razão: em todas as terras por onde viajei, como também entre as muralhas circulares da Cidade da Paz, na verdade em localidades onde homens se reuniam e formavam uma sociedade, aprendi estas coisas como fatos. Primeiro, que as pessoas de uma determinada terra acreditam que seus costumes são mais ajustados, adequados e melhores que qualquer outro. Segundo, que qualquer estrangeiro, homem ou mulher, é considerado inferior em todos os modos, exceto na questão da reprodução. Assim os turcos acreditam que os persas são amantes bem-dotados; os persas admiram povos de pele negra; e por sua vez são individualmente admirados por alguns outros; e por aí vai, às vezes em razão da genitália, às vezes em razão da resistência no ato, outras vezes em razão de habilidade ou postura especiais.

Não sei se as mulheres nórdicas acreditam de fato nas palavras de Herger, mas na verdade descobri que elas ficaram muito espantadas em virtude da minha cirurgia,* cuja prática é desconhecida entre eles, como pagãos imundos que são. De maneira confiante, estas mulheres são ruidosas e enérgicas, e de um odor tal que fui obrigado a prender a respiração durante o ato; também são dadas a corcovear, se retorcer, arranhar e morder, de modo que um homem pode ser arremessado da montaria, como dizem os nórdicos. Quanto a mim, achei o negócio todo mais doloroso do que prazeroso.

Os nórdicos dizem sobre o ato:

– Travei combate com tal ou qual mulher. – E orgulhosamente exibem marcas roxas e abrasões a seus camaradas, como se fossem autênticos ferimentos de guerra. Contudo, os homens nunca machucam qualquer mulher, pelo que pude ver.

Naquela noite, enquanto todos os guerreiros de Buliwyf dormiam, fiquei com medo de beber ou rir; temia a volta dos demônios da névoa. Mesmo assim eles não voltaram, e também acabei dormindo, mas intermitentemente.

No dia seguinte não houve vento, e todo o povo do reino de Rothgar trabalhou com dedicação e medo; por toda parte falavam de Korgon, e da certeza de que atacaria

---

* Circuncisão.

à noite. Os ferimentos de garras no meu rosto agora me doíam, pois eles beliscam enquanto saram, e doíam sempre que eu mexia a boca para comer ou falar. Também é verdade que a febre de guerreiro havia me abandonado. Eu estava mais uma vez com medo, e trabalhei em silêncio ao lado das mulheres e velhos.

Por volta da metade do dia, fui visitado pelo nobre velho e desdentado com quem eu conversara no salão do banquete. Este velho nobre me procurara, e disse o seguinte em latim:

– Terei que falar com você. – Ele me conduziu a alguns passos de distância dos que trabalhavam nas defesas.

Ele deu um grande espetáculo ao examinar meus ferimentos, que na verdade não eram graves, e enquanto examinava os cortes, me disse:

– Tenho um aviso para dar ao seu grupo. Há inquietação no coração de Rothgar. – Isto ele falou em latim.

– Por que motivo?

– É o arauto, e também o filho Wiglif, muito considerado pelo rei – disse o velho nobre. – E também o amigo de Wiglif. Wiglif diz a Rothgar que Buliwyf e seu grupo planejam matar o rei e tomar o reino.

– Não é verdade – falei, embora não soubesse disto. Honestamente, de tempos em tempos pensava no assunto; Buliwyf era jovem e vigoroso, Rothgar velho e fraco, e ao mesmo tempo em que é verdade que os costumes dos nórdicos são estranhos, é também verdade que todos os homens são iguais.

– O arauto e Wiglif estão com ciúmes de Buliwyf – continuou o velho nobre. – Eles envenenam o ar aos ouvidos do rei. Conto-lhe tudo isto para que diga aos outros que tenham cuida do, pois é um assunto adequado para um basilisco. – E depois ele disse que meus ferimentos não eram graves e se foi.

Depois o nobre voltou mais uma vez para dizer:

– O amigo de Wiglif é Ragnar – e se foi pela segunda vez, sem olhar mais para mim.

Em grande consternação, cavei e trabalhei nas defesas até me descobrir perto de Herger. O humor de Herger continuava tão soturno como nos dias anteriores. Ele me saudou com estas palavras:

– Não quero ouvir perguntas de um tolo.

Repliquei que não tinha perguntas, e relatei-lhe o que ouvira do nobre; também disse-lhe que era um assunto adequado para um basilisco.* Quando falei isto, Herger franziu o cenho, blasfemou, bateu o pé e obrigou-me a acompanhá-lo até Buliwyf.

Buliwyf dirigia os trabalhos no fosso do outro lado do acampamento; Herger puxou-o à parte e falou-lhe rapidamente na língua nórdica, com gestos para a minha pessoa. Buliwyf franziu o cenho, blasfemou e bateu o pé tanto quanto Herger, e depois lhe fez uma pergunta. Herger me disse:

– Buliwyf pergunta quem é o amigo de Wiglif. O velho lhe disse quem é o amigo de Wiglif?

---

* Ibn Fadlan não descreve um basilisco, aparentemente presumindo que seus leitores conheçam a criatura mitológica, que aparece nas crenças primitivas de quase todas as culturas ocidentais. O basilisco é geralmente uma espécie de galo com cauda de serpente e oito pernas, e às vezes com escamas em vez de penas. O que sempre se acreditou sobre o basilisco é que tem olhar mortal, como um górgona; e o veneno do basilisco é especialmente letal. Segundo alguns relatos, uma pessoa que dá uma estocada num basilisco verá o veneno subir pela espada até sua mão. A vítima será então obrigada a cortar a própria mão para salvar seu corpo.

É provavelmente este sentimento de perigo por parte do basilisco que instiga sua menção aqui. O velho nobre está dizendo a Ibn Fadlan que um confronto direto com os encrenqueiros não resolverá o problema. Interessante notar que um meio de espantar um basilisco era deixá-lo ver a própria imagem refletida num espelho; ele seria morto pelo próprio olhar.

Respondi que sim, e que o amigo tinha o nome de Ragnar. A esta afirmação, Herger e Buliwyf confabularam mais entre si, e discutiram brevemente, após o que Buliwyf afastou-se, deixando-me com Herger.

– Está decidido – disse Herger.

– O que está decidido? – perguntei.

– Mantenha os dentes unidos – disse Herger, na expressão nórdica significando não falar.

Assim, retornei ao meu trabalho, não entendendo a coisa mais do que entendera no início. Uma vez mais pensei que esses nórdicos são os homens mais peculiares e incoerentes da face da terra, pois em assunto nenhum eles procedem como seria de se esperar de seres humanos sensíveis. Ainda assim, trabalhei na sua inútil cerca e no seu fosso raso, e observei, e esperei.

Na hora da prece vespertina, observei que Herger tinha tomado posição perto de um jovem robusto e gigantesco. Herger e este jovem labutaram lado a lado no fosso por algum tempo, e no meu modo de ver pareceu que Herger se esforçava para arremessar terra no rosto do jovem, que na verdade era uma cabeça mais alto do que ele, e mais novo também.

O jovem protestou, e Herger se desculpou, mas logo estava jogando terra de novo. Mais uma vez Herger pediu desculpas; agora o jovem estava furioso e de rosto vermelho. Não mais que um curto tempo se passou antes que Herger estivesse de novo jogando terra, e o jovem espirrava, cuspia e ficava furioso ao extremo. Ele gritou com Herger, que mais tarde me contou os detalhes de sua conversa, embora o significado fosse bastante evidente o tempo todo.

O jovem falou:

– Você cava como um cão.

Herger deu como resposta:

– Está me chamando de cão?

A isto, o jovem disse:

— Não, eu disse que você cava como um cão, lançando* terra sem o menor cuidado, como um animal.

---

* Em árabe, e nos textos latinos, *verbera*. Ambas as palavras significam "açoitando" ou "chicoteando", e não "lançando", como esta passagem é habitualmente traduzida. É em geral aceito que Ibn Fadlan usou a metáfora de "chicotear" com terra para enfatizar a ferocidade do insulto; que é claro o bastante em qualquer caso. Todavia, ele pode, consciente ou inconscientemente, ter transmitido uma atitude tipicamente nórdica em relação aos insultos.

Outro repórter árabe, al-Tartushi, visitou a cidade de Hedeby em 950, e disse o seguinte sobre os escandinavos: "Eles são muito peculiares na questão da punição. Eles têm apenas três penalidades para a má conduta. A primeira, e a mais temida, é a expulsão da tribo. A segunda é ser vendido como escravo e a terceira é a morte. Mulheres que erram são vendidas como escravas. Os homens sempre preferem a morte. O açoite é desconhecido pelos nórdicos."

Este ponto de vista não é exatamente partilhado por Adão de Bremen, um historiador eclesiástico que escreveu em 1075: "Se as mulheres forem julgadas impuras, elas são vendidas de uma vez, mas se os homens são julgados culpados de traição ou qualquer outro crime, eles preferem ser decapitados em vez de açoitados. Nenhuma forma de castigo além do machado ou escravidão é conhecido por eles." O historiador Sjogren dá grande importância à afirmação de Adão de Bremen de que os homens prefeririam ser decapitados em vez de açoitados. Isto pareceria sugerir que o açoitamento era conhecido entre os nórdicos; e além disso argumenta que era um castigo mais provável para os escravos. "Escravos são propriedades, e não é sábio economicamente matá-los por delitos menores; certamente o açoitamento era uma forma de punição aceita para um escravo. Assim, pode ser que os guerreiros vissem o chicoteamento como uma punição degradante por ser reservada a escravos." Sjogren também argumenta que "tudo que sabemos da vida dos vikings aponta para uma sociedade baseada na idéia de vergonha, não culpa, como o pólo de conduta negativo. Os vikings nunca sentiam culpa de nada, mas defendiam ferozmente sua honra, e evitariam a qualquer preço um ato vergonhoso. Ser passivamente submetido ao chicote teria sido considerado vergonhoso ao extremo, e muito pior do que a própria morte." (continua)

Herger falou:

— Está me chamando de animal?

O jovem replicou:

— Está distorcendo minhas palavras.

Agora Herger disse:

— De fato, pois suas palavras são distorcidas e tímidas como as de uma velha fraca.

— Esta velha fraca pode fazê-lo provar a morte – replicou o jovem, e sacou sua espada. Então Herger tinha sacado a sua, pois o jovem era o próprio Ragnar, o amigo de Wiglif, e assim vi manifestada a intenção de Buliwyf no assunto.

Esses nórdicos são muito sensíveis e irritáveis acerca de sua honra. Entre eles os duelos são tão freqüentes quanto a micção, e um combate de morte é coisa trivial. Pode ocorrer no ato do insulto, ou os contendores podem se encontrar na junção de três estradas, se a desavença é conduzida de uma maneira formal. Foi então que Ragnar desafiou Herger a duelar com ele.

O costume nórdico é o seguinte: na hora marcada, os duelantes, seus amigos e parentes reúnem-se no local do combate e estendem um couro no solo, preso com estacas de loureiro. O combate deve ser travado sobre o couro, cada homem mantendo um pé, ou ambos, o tempo todo sobre o couro; desta maneira eles permanecem perto um do outro. Cada um dos duelantes chega com uma espada e

---

Estas especulações nos levam de volta ao manuscrito de Ibn Fadlan, e sua escolha das palavras "chicoteando com terra". Uma vez que o árabe é tão meticuloso, alguém poderia especular se suas palavras refletem alguma atitude islâmica. A esse respeito deveríamos lembrar que enquanto o mundo de Ibn Fadlan é certamente dividido em coisas e atos limpos e sujos, o próprio solo não era necessariamente imundo. Pelo contrário, o *tayammun*, a ablução com terra ou areia, é praticado sempre que a ablução com água não é possível. Portanto, Ibn Fadlan não tinha nenhuma aversão particular de jogar terra sobre uma pessoa; ele ficaria muito mais perturbado se lhe pedissem para beber de uma taça dourada, o que era estritamente proibido.

três escudos. Se os três escudos de um homem quebram, ele deve lutar sem proteção, e o combate dura até a morte.

Tais eram as regras, ditadas pela anciã, o anjo da morte, enquanto se colocava o couro estendido, com todo o grupo de Buliwyf e o povo do reino de Rothgar reunidos em torno. Eu próprio estava lá, não tão perto, e me espantei que aquela gente pudesse esquecer a ameaça do Korgon que tanto os aterrorizara anteriormente; ninguém se importava com nada a não ser com o duelo.

Assim transcorreu o duelo entre Herger e Ragnar: Herger desferiu o primeiro golpe, já que havia sido desafiado, e sua espada ressoou poderosamente no escudo de Ragnar. Eu próprio temia por Herger, uma vez que o jovem era muito mais forte e maior do que ele. De fato, o primeiro golpe de Ragnar arrancou o escudo da mão de Herger, que pediu o segundo.

Depois o combate se juntou mais, e feroz. Olhei uma vez para Buliwyf, cuja face estava inexpressiva; e para Wiglif e o arauto no lado oposto, que com freqüência olhavam para Buliwyf à medida que a luta se tornava furiosa.

O segundo escudo de Herger foi igualmente quebrado. Ele pediu o terceiro e último. Herger estava muito fatigado, e seu rosto vermelho e viscoso pelo esforço; o jovem Ragnar parecia à vontade e descansado enquanto lutava.

Então, o terceiro escudo se partiu, e a situação de Herger ficou mais desesperada, ou assim pareceu por um momento fugaz. Herger parou com os dois pés firmes no solo, inclinado e com falta de ar, e mais horrivelmente fatigado. Ragnar escolheu este momento para cair sobre ele. Herger então deu uma finta, como o agitar das asas de um pássaro, e o jovem Ragnar enterrou sua espada no vazio. Em seguida, Herger jogou sua própria espada de uma mão para outra, pois esses nórdicos lutam bem com ambas as mãos e com a mesma força. E rapidamente Herger voltou-se e decepou a cabeça de Ragnar por trás, com um único golpe de sua espada.

Na verdade, vi o sangue esguichar do pescoço de Ragnar e a cabeça voar pelo ar até a multidão, e vi com meus próprios olhos que a cabeça bateu no solo antes que o próprio corpo caísse por terra. Herger agora deslocou-se para o lado, e então percebi que o combate tinha sido uma farsa, pois Herger não mais ofegava, mas permanecia de pé sem o menor sinal de fadiga e sem o peito arquejante, segurando a espada sem esforço, e parecia apto a matar mais uma dúzia de homens iguais. Ele olhou para Wiglif e disse:

– Honre o seu amigo. – Queria dizer que Wiglif cuidasse do enterro.

Quando nos afastávamos do local do duelo, Herger me disse que usara um truque para que Wiglif soubesse que os homens de Buliwyf não eram somente guerreiros fortes e valentes, mas também astuciosos.

– Isto aumentará seu medo – disse Herger–, e ele não mais ousará falar contra nós.

Duvidei que seu plano tivesse este efeito, mas é verdade que os nórdicos prezam o logro mais do que o maior embusteiro hazar, de fato mais até do que qualquer mentiroso mercador de Bahrein, pois o logro para eles é uma forma de arte. A esperteza em combate e atos viris são considerados como virtude maior do que a pura força na arte da guerra.

Mesmo assim Herger não estava feliz e percebi que Buliwyf também não estava. À medida que a noite se aproximava, a névoa começava a se formar nas colinas do interior. Eu acreditava que estivessem pensando no falecido Ragnar, que era jovem, forte e valente, e que seria útil na batalha iminente. Herger me disse o mesmo:

– Um homem morto não tem utilidade para ninguém.

O ATAQUE DO DRAGÃO-PIRILAMPO KORGON

AGORA, COM O CAIR DA ESCURIDÃO, a névoa se arrastou das colinas, sorrateira como dedos em torno das árvores, infiltrando-se na direção do vestíbulo Hurot e dos guerreiros de Buliwyf à espera. Aqui houve uma suspensão nos trabalhos; de uma fonte nova a água era desviada para encher o fosso raso, e depois entendi o sentido do plano, pois a água ocultava as estacas e buracos mais profundos, e assim a vala se tornava traiçoeira para qualquer invasor.

Mais ainda, as mulheres de Rothgar vinham do poço com sacos de pele de cabra, e encharcaram de água a cerca, as casas e toda a superfície do vestíbulo Hurot. Os guerreiros de Buliwyf também ensoparam suas armaduras com água da fonte. A noite estava fria e úmida e, pensando que isto fosse algum ritual pagão, pedi para ser dispensado, mas não adiantou. Herger molhou-me da cabeça aos pés, como os demais. Fiquei ali gotejando e tremendo: na verdade, cheguei a gritarão choque da água fria, e pedi para saber o motivo.

– O dragão-pirilampo respira fogo – disse-me Herger.

Depois ele me ofereceu uma taça de hidromel para amenizar o frio, e bebi de um gole só esta taça de hidromel, ficando contente por isso.

Agora a noite ficou totalmente escura, e os guerreiros de Buliwyf esperavam a chegada do dragão Korgon. Todos os olhos estavam voltados para as colinas, agora perdidas na névoa da noite. O próprio Buliwyf caminhou a passos largos pelas fortificações, carregando sua enorme espada Runding, pronunciando baixinho palavras de encorajamento a seus guerreiros. Todos esperavam quietos, exceto um, o lugar-tenente Ecthgow. Este homem é um mestre na machadinha; ele havia colocado um robusto poste de madeira a alguma distância dele, e praticava o arremesso de sua machadinha neste poste, vezes e mais vezes. De fato, tinham-lhe dado muitas machadinhas; contei cinco ou seis presas em seu largo cinto, e outras em suas mãos ou espalhadas pelo chão à sua volta.

Da mesma forma Herger estava retesando e testando seu arco e as flechas, e também Skeld, pois estes eram os mais habilidosos em pontaria entre os guerreiros nórdicos. As flechas nórdicas têm pontas de ferro e são de excelente feitura, com as hastes retas como uma linha retesada. Cada aldeia ou acampamento tem um homem, freqüentemente aleijado ou coxo, conhecido como o *almsmann;* ele fabrica arcos e flechas para os guerreiros da região, sendo pago com ouro ou conchas, ou, conforme testemunhei, com comida e carne.*

Os arcos dos nórdicos têm quase a altura de seus próprios corpos, e são feitos de bétula. O modo de disparar é o seguinte: a haste da flecha é repuxada até a orelha, e não até o olho, e daí disparada; e a potência é tal que a seta pode passar livremente através do corpo de um homem, sem ficar alojada nele; da mesma forma pode penetrar uma camada de madeira da grossura do punho de um homem. Na verdade, tenho visto com meus próprios olhos tal potência de uma flecha, e eu mesmo tentei manejar um dos

---

* Esta passagem parece ser a fonte do comentário de 1869 do erudito reverendo Noel Harleigh, de que "entre os bárbaros vikings, a moralidade era tão perversamente deturpada que sua noção de esmola eram as quantias pagas aos fabricantes de armas". A concepção vitoriana de Harleigh supera seu conhecimento lingüístico. A palavra nórdica *alm* significa olmo, a madeira flexível da qual os escandinavos faziam arcos e flechas. É apenas por acaso que esta palavra tem também uma acepção inglesa (O termo inglês "*alms*", significando doações de caridade, é usualmente considerado como sendo derivado do grego *eleos,* piedade.)

seus arcos, mas descobri minha falta de aptidão, pois eles eram muito grandes e resistentes para mim.

Esses nórdicos são habilidosos em todas as formas de combate e matança com as diversas armas que apreciam. Eles falam de linhas de combate, que não têm o sentido de disposição de soldados; tudo para eles é o combate de um contra outro que é seu inimigo. As duas linhas de combate diferem de acordo com as armas. Para a espada larga, que é sempre rodopiada em arco e nunca empregada em estocadas, eles dizem "a espada procura a linha da respiração", que significa para eles o pescoço, e desse modo a separação da cabeça do tronco. Para a lança, a flecha, a machadinha, a adaga, e os outros artefatos de perfuração, eles dizem: "Estas armas procuram a linha de gordura."* Com estas palavras

---

* *Linea adeps:* literalmente, "linha de gordura". Embora o conhecimento anatômico da passagem nunca tenha sido questionado por soldados nos mil anos desde então – pois a linha central do corpo é onde se encontram os nervos e vasos vitais – a derivação exata do termo tem sido um mistério. A esse respeito é interessante notar que uma das sagas islandesas menciona um guerreiro ferido em 1030, que arranca uma flecha do peito e vê pedaços de carne grudados na ponta; ele então diz que ainda tem gordura em torno do seu coração. Muitos eruditos concordam que este é um comentário irônico de um guerreiro que sabe estar mortalmente ferido, e isto faz um bom sentido anatômico.

Em 1874, o historiador americano Robert Miller referiu-se a esta passagem de Ibn Fadlan quando disse: "Embora fossem guerreiros ferozes, os vikings tinham um pobre conhecimento de fisiognomia. Seus homens eram instruídos a procurar a linha vertical central do corpo do adversário, mas assim fazendo, é claro, eles errariam o coração, situado como está no lado esquerdo do peito."

O pobre conhecimento deve ser atribuído a Miller, e não aos vikings. Pois nos vários últimos séculos, pessoas comuns ocidentais têm acreditado que o coração se localiza no lado esquerdo do peito; os americanos põem a mão sobre o coração quando fazem juramento à bandeira; temos uma forte tradição folclórica de soldados salvos da morte por uma Bíblia carregada no bolso da lapela que detém a bala fatal. De fato, o coração é uma estrutura central que se estende vários graus até o lado esquerdo do peito; mas um ferimento na linha central do peito sempre afetará o coração.

eles querem dizer a parte central do corpo, da cabeça à virilha; um ferimento nesta linha central significa para eles a morte certa do adversário. Eles também acreditam que devem golpear primeiro a barriga, por causa de sua maciez, em vez do peito ou a cabeça.

Na verdade, Buliwyf e todo o seu grupo mantinham uma vigília alerta aquela noite, e eu entre eles. Experimentei grande fadiga nesta prontidão, e logo estava cansado como se tivesse travado uma batalha, embora não tivesse havido nenhuma. Os nórdicos não estavam cansados, e sim prontos a qualquer momento. É verdade que eles são as pessoas mais vigilantes em toda a face da terra, sempre preparados para qualquer batalha ou perigo; e não acham esta postura nada cansativa, que para eles é comum desde o nascimento. O tempo todo são prudentes e vigilantes.

Passado algum tempo, peguei no sono. Herger me acordou bruscamente, desta maneira: senti um grande baque e um assovio no ar perto de minha cabeça, e ao abrir os olhos vi uma flecha tremendo na madeira a uma curta distância do meu nariz. Herger havia disparado esta flecha, e ele e todos os outros riam estrondosamente do meu embaraço. Herger me disse:

– Se dormir, você vai perder a batalha.

Respondi que isto não seria nenhuma provação, segundo meu modo de pensar.

Herger recuperou sua flecha e, notando que eu estava ofendido com sua brincadeira, sentou-se ao meu lado e falou de modo cordial. Esta noite Herger estava num humor alegre e brincalhão. Dividiu comigo uma taça de hidromel e falou:

– Skeld está enfeitiçado. – E riu.

Skeld não estava muito distante, e Herger falou em voz alta, de modo que percebi que Skeld poderia nos entreouvir, embora Herger falasse em latim, ininteligível para Skeld; talvez houvesse algum outro motivo desconhecido para mim. Skeld agora afiava as pontas de suas flechas e aguardava a batalha.

– Como ele está enfeitiçado? – perguntei a Herger.

Ele assim respondeu:

– Se não está enfeitiçado, deve ter-se tornado um árabe, pois lava suas roupas de baixo e também seu corpo diariamente. Ainda não notou isto?

Respondi que não. Rindo muito, Herger acrescentou:

– Skeld faz isto por uma mulher nascida livre, que capturou sua afeição. Por ela, ele se lava a cada dia, e age como um tolo tímido e delicado. Ainda não percebeu?

Voltei a responder que não, ao que Herger falou:

– O que vê em vez disso? – E riu da própria piada, da qual eu não compartilhava, ou sequer me atrevia, pois não estava com disposição para rir.

Então, Herger disse:

– Vocês, árabes, são austeros demais. Resmungam o tempo todo. Nada é risível aos seus olhos.

Aqui eu disse que ele falava equivocadamente. Ele desafiou-me a contar uma história engraçada, e contei-lhe o sermão do famoso pregador, que vocês conhecem muito bem. Um famoso pregador fica de pé no púlpito da mesquita e a toda sua volta homens e mulheres se reúnem para ouvir suas nobres palavras. Um homem, Hamid, coloca manto e véu e senta-se entre as mulheres. O pregador famoso diz: "Segundo o Islã, é desejável que ninguém deveria deixar crescer demais seus pêlos púbicos." Alguém pergunta: "Até que ponto é longo demais, ó pregador?" Todos conhecem a história; é uma piada grosseira, de fato. O pregador replica: "Não deveria ser maior do que um pé de cevada." Agora Hamid diz à mulher perto dele: "Irmã, por favor, verifique e diga-me se meus pêlos púbicos são mais longos do que a cevada." A mulher põe a mão entre os mantos de Hamid para sentir os pêlos públicos, e sua mão acaba tocando o pênis. Em sua surpresa, ela solta um grito. O pregador ouve isto, o que o diverte muito. Diz para a platéia: "Vocês todos deveriam aprender a arte de ouvir um sermão, como esta dama faz, pois podem ver como ele tocou seu coração." E a mulher, ainda chocada, dá sua resposta: "Ele não toca meu coração, ó pregador; ele toca a minha mão."

Herger ouviu todas as minhas palavras com uma expressão apática, sem dar um sorriso sequer. Ele disse, após minha conclusão:

– O que é um pregador?

Respondi que ele era um nórdico idiota que nada sabia da amplitude do mundo. Ele riu, embora não risse da fábula.

Agora Skeld deu um grito e todos os guerreiros de Buliwyf, eu entre eles, viraram-se para olhar para as colinas, por trás do cobertor de névoa. Foi isto que vi: alto no ar, um brilhante ponto de luz de fogo, como uma estrela chamejante, a uma boa distância. Todos os guerreiros viam, e houve murmúrios e exclamações entre eles.

Logo apareceu outro ponto de luz, e mais outro, e outro. Contei doze e depois parei de contar. Esses brilhantes pontos de fogo pareciam uma linha ondulante como uma serpente, ou, melhor dizendo, como o ondulante corpo de um dragão.

– Esteja pronto agora – disse-me Herger, acrescentando o ditado nórdico: – Sorte na batalha. – Repeti as mesmas palavras para ele, que se afastou.

Os pontos de fogo brilhantes ainda estavam distantes, embora chegassem cada vez mais perto. Agora ouvi um som que tomei como um trovão. Era um distante e profundo ribombar que avultava no ar nevoento, como fazem todos os sons na névoa. Pois é verdade que na névoa o sussurro de um homem pode ser ouvido a cem passos de distância, claro como um sussurro no nosso próprio ouvido.

Agora observei, e ouvi, e todos os guerreiros de Buliwyf pegaram suas armas e observaram e ouviram igualmente, e o dragão-pirilampo Korgon avançou sobre nós em trovão e chama. Cada ponto chamejante se tornava maior, de um vermelho maligno, bruxuleando e lambendo; o corpo do dragão era comprido e tremeluzente, uma visão mais feroz do aspecto, e ainda assim eu não estava com medo, pois concluí agora que eram cavaleiros com tochas, o que se provou verdadeiro.

Em breve, então, os cavaleiros emergiam da névoa, formas negras com tochas erguidas, corcéis negros sibilando e arremetendo, e a batalha foi travada. Imediatamente o ar da noite se encheu de gritos horríveis e berros de agonia, pois a primeira carga de cavaleiros atingira a trincheira, e muitas montarias saltaram e caíram, cuspiram seus cavaleiros e as tochas crepitaram na água. Outros cavalos tentaram pular a cerca, sendo empatados nas estacas afiadas. Uma seção de cerca pegou fogo. Guerreiros correram em todas as direções.

Agora vi um dos cavaleiros investir através da seção em chamas da cerca, e pude ver este *wendol* claramente pela primeira vez, e na verdade vi isto: num corcel negro cavalgava uma figura humana de preto, mas sua cabeça era a cabeça de um urso. Eu estava sobressaltado com um período de tempo do mais horrível pavor, e temi que pudesse morrer somente de medo, pois nunca testemunhara uma tal visão de pesadelo; embora, no mesmo instante, a machadinha de Ecthgow se enterrasse fundo nas costas do cavaleiro, que oscilou e caiu; a cabeça de urso rolou de seu corpo, e vi que por baixo havia a cabeça de um homem.

Rápido como um raio, Ecthgow saltou em cima da criatura caída, atingiu-a fundo no peito, virou o cadáver, extraiu sua machadinha das costas, e correu para juntar-se à batalha. Também me juntei à batalha, pois fui derrubado pela pancada de uma lança. Muitos cavaleiros estavam agora no interior da cerca, com suas tochas incandescentes; alguns tinham cabeças de urso e outros não; eles contornaram e tentaram pôr fogo nos prédios e no vestíbulo Hurot. Buliwyf e seus homens resistiram valentemente contra isso.

Levantei-me exatamente quando um dos monstros da névoa abatia-se sobre mim com o corcel a plena carga. Na verdade, agi assim: firmei-me no solo e segurei minha lança apontada para cima, e pensei que o impacto me destroçaria. Ainda assim, a lança trespassou o corpo do cavaleiro, que gritou horrivelmente, mas não caiu da montaria e seguiu a galope. Senti engulhos no estômago, mas não estava realmente ferido a não ser pelo momento.

Enquanto durou a batalha, Herger e Skeld dispararam suas muitas flechas, o ar encheu-se com seus silvos, e eles acertaram muitos alvos. Vi uma flecha de Skeld atravessar o pescoço de um cavaleiro e alojar-se ali; mais uma vez vi Skeld e Herger perfurarem ao mesmo tempo o peito de um cavaleiro, e tão rapidamente eles desembainhavam as flechas e disparavam de novo que este mesmo guerreiro suportou quatro setas enterradas no corpo, e seu grito era mais pavoroso enquanto ele cavalgava.

Ainda assim, aprendi que este feito foi considerado uma façanha menor por Herger e Skeld, pois os nórdicos acreditam que não há nada de sagrado nos animais; portanto, para eles não há uso mais adequado para as flechas que não matar os cavalos, a fim de desalojar o cavaleiro. Dizem: "Um homem fora do seu cavalo é um meio-homem, e duas vezes mais fácil de matar." E procedem desta maneira sem a menor hesitação.*

Agora vi o seguinte: um cavaleiro precipitou-se cerca adentro, inclinou-se sobre o cavalo negro a galope e pegou o corpo do monstro que Ecthgow tinha matado, pendurou-o

---

* Segundo a lei divina, os muçulmanos acreditam que "o Mensageiro de Deus proibiu crueldade contra os animais". Isto se estende a detalhes tão mundanos como o preceito de aliviar prontamente os animais de carga, de modo que não tenham de suportar peso desnecessariamente. Além disso, os árabes sempre tiveram um especial prazer na criação e treinamento de cavalos. Os escandinavos não tinham sentimento especial em relação aos animais; intimamente, todos os observadores árabes comentaram sobre sua falta de afeição por cavalos.

na garupa do cavalo e cavalgou de volta, pois, como eu já disse, esses monstros da névoa não deixam mortos para serem encontrados à luz da manhã.

A batalha campeou por um considerável período de tempo, à luz do fogo resplandecente através da névoa. Vi Herger em combate mortal com um dos demônios; pegando uma lança nova, arremessei-a fundo nas costas da criatura. Herger, pingando sangue, ergueu um braço em agradecimento e voltou ao combate. Senti um grande orgulho.

Agora tentei arrancar minha lança, e enquanto fazia isto fui atingido do lado por um cavaleiro de passagem, e daquele momento, na verdade, pouco me lembro. Vi que a casa de um dos nobres de Rothgar ardia, lambida por chamas crepitantes, mas o encharcado vestíbulo Hurot continuava intacto. Fiquei contente como se eu mesmo fosse um nórdico, e esses foram meus pensamentos finais.

À aurora, fui despertado por uma espécie de banho sobre a carne de minha face, e apreciei o toque gentil. Mas logo percebi que estava recebendo as ministrações de um cachorro que me lambia e me senti como o tolo bêbado. Isto me mortificou, como se pode deduzir.*

---

* Os mais antigos tradutores do manuscrito de Ibn Fadlan eram cristãos sem conhecimento da cultura árabe, e sua interpretação desta passagem reflete esta ignorância. Numa tradução muito livre, o italiano Lacalla (1847) diz: "Pela manhã saí de meu estupor de bêbado como um cão vadio, e fiquei muito envergonhado por minha condição." E Skovmand, em seu comentário de 1919, conclui bruscamente que "ninguém pode dar crédito às histórias de Ibn Fadlan, pois ele estava bêbado durante as batalhas, e admite isto". Mais caridosamente, Du Chatellier, um comprovado vikingófilo, disse em 1908: "O árabe logo adquiriu a embriaguez da batalha, que é a verdadeira essência do espírito heróico nórdico."

Estou em débito com Massud Farzan, o erudito sufista, por explicar as alusões que Ibn Fadlan está fazendo aqui. Na verdade, ele está se comparando com um personagem de uma antiga piada árabe:

Um bêbado cai na poça do próprio vómito à beira da rua. Chega um cachorro que começa a lamber seu rosto. O bêbado (continua)

Agora vi que eu jazia na vala, onde a água estava vermelha como o próprio sangue; levantei-me e caminhei pelas defesas, passada toda a espécie de morte e destruição. Vi que a terra estava banhada de sangue, como se de chuva, com muitas poças. Vi os corpos dos nobres exterminados, e mulheres e crianças mortos do mesmo modo. Também vi três ou quatro carbonizados e encrostados pelo fogo. Todos esses corpos jaziam por toda parte sobre o solo, e fui obrigado a manter os olhos baixos para não pisar neles, tão densamente estavam espalhados.

Boa parte da cerca de estacas do sistema de defesa havia pegado fogo. Sobre outras seções, cavalos jaziam empatados e frios. Tochas se espalhavam aqui e ali. Não vi nenhum dos guerreiros de Buliwyf.

Nem choro nem lamentações vinham do reino de Rothgar, pois o povo do Norte não pranteia qualquer morte, mas, pelo contrário, havia no ar uma quietude que não era habitual. Ouvi o canto de um galo e o latido de um cachorro, mas nenhuma voz humana à luz do dia.

Depois entrei no grande vestíbulo Hurot, e aqui encontrei dois corpos jazendo no amontoado, com seus capacetes sobre o peito. Um era Skeld, um conde de Buliwyf; outro era Helfdane, ferido mais cedo e agora pálido e frio. Ambos estavam mortos. Também havia Rethel, o mais jovem dos guerreiros, que sentava-se aprumado num canto e era atendido por duas escravas. Rethel havia

---

presume que uma pessoa amável está limpando seu rosto e diz, agradecido: "Possa Alá tornar seus filhos obedientes." Então o cão ergue a pata e urina no bêbado, que diz: "E que Deus o abençoe, irmão, por ter trazido água morna para lavar meu rosto."

Em árabe, a piada carrega a habitual injunção contra a embriaguez, e o sutil lembrete de que a bebida *é khmer,* ou imunda, como a urina.

Ibn Fadlan provavelmente esperava que seu leitor pensasse não que ele estivesse bêbado, mas sim que, por sorte, evitara que o cachorro urinasse nele, assim como anteriormente escapara à morte na batalha: é uma referência, em outras palavras, a outro erro parecido.

sido ferido anteriormente, mas tinha um ferimento novo no estômago, e sangrava muito mais; devia estar sofrendo muita dor, e ainda assim exibia apenas animação, sorrindo e provocando as escravas ao beliscar suas nádegas e seios, e com freqüência elas o repreendiam por distraí-las enquanto tentavam cuidar dos seus ferimentos.

Esta é a maneira de tratamento dos feridos, de acordo com sua natureza: se um guerreiro é ferido na extremidade, seja do braço ou da perna, a ligadura é atada em volta da extremidade, e panos fervidos em água são aplicados sobre o ferimento, para cobri-lo. Disseram-me também que teias de aranha ou pedaços de lã de cordeiro podem ser colocados no ferimento para engrossar o sangue e estancá-lo; isto eu nunca observei.

Se um guerreiro é ferido na cabeça ou no pescoço, seu ferimento é banhado, limpo e examinado pelas escravas. Se a pele está lacerada mas os ossos inteiros, eles dizem de tal ferimento: "É superficial." Mas se os ossos estão rachados ou com algum tipo de fratura exposta, eles dizem: "Sua vida se esvai e em breve escapa."

Se um guerreiro é ferido no peito, eles sentem suas mãos e pés; se estão aquecidos, dizem que tal ferimento "é superficial". Todavia, se este guerreiro tosse ou vomita sangue, dizem que "está falando sangue" e consideram este mais grave. Um homem pode ou não morrer do mal-de-falar-sangue, dependendo de sua sorte.

Se um guerreiro é ferido no abdome, alimentam-no com sopa de cebolas e ervas; farejam os seus ferimentos, e se sentem cheiro de cebola, dizem: "Ele tem o mal-das-cebolas", e sabem que irá morrer.

Vi com meus próprios olhos as mulheres prepararem uma sopa de cebolas para Rethel, que tomou uma boa quantidade; e as escravas farejaram seu ferimento, sentindo o cheiro de cebola. A isto, Rethel riu e fez umas piadas cordiais, pediu hidromel, que lhe trouxeram, e não exibiu qualquer sinal de preocupação.

Buliwyf, o chefe, conferenciava com todos os seus guerreiros em outra parte do grande vestíbulo. Juntei-me ao grupo, mas não houve saudações. Herger, cuja vida eu salvara, nem me notou, pois os guerreiros estavam mergulhados numa conversa solene. Eu aprendera um pouco da língua nórdica, mas não o suficiente para acompanhar suas palavras rápidas e baixas, por isso fui para outro lugar, onde bebi hidromel e senti as dores do meu corpo. Depois uma escrava chegou para banhar meus ferimentos. Havia um corte na panturrilha e outro no peito. Eu estivera insensível a estes ferimentos até o momento em que ela começou a fazer os curativos.

Os nórdicos banham os ferimentos com água do mar, pois acreditam que esta água possui maiores poderes curativos do que a água da fonte. A lavagem com água do mar não é agradável para o ferimento. Na verdade, gemi. Rethel riu e falou para uma escrava:

– Ele continua sendo um árabe.

Fiquei envergonhado.

Os nórdicos também lavam ferimentos com urina quente de vacas. Esta eu recusei, quando me foi oferecida.

O povo do Norte acredita que a urina de vaca é uma substância admirável, e ela é estocada em recipientes de madeira. Para o uso comum, eles a fervem até ficar densa e arder nas narinas, e depois utilizam este líquido desprezível para lavagem, especialmente de roupas brancas ordinárias.*

Também me disseram que, de uma hora para outra, o povo do Norte pode se lançar numa longa viagem marítima sem ter à mão suprimentos de água fresca, e desta forma cada homem bebe sua própria urina, podendo assim sobreviver até alcançar terra. Isto eu ouvi dizer mas nunca vi, graças a Alá.

Agora Herger me procurou, pois a conferência dos guerreiros havia terminado. As escravas que cuidavam de

---

* A urina é uma fonte de amônia, um excelente composto de limpeza.

mim fizeram meus ferimentos arderem de modo mais terrível ainda; mesmo assim eu estava determinado a manter uma postura nórdica de grande alegria. Falei para Herger:

– Que questão trivial enfrentaremos em seguida?

Herger examinou meus ferimentos e disse:

– Você pode cavalgar muito bem.

Indaguei para onde eu deveria cavalgar, e na verdade, pela primeira vez, perdi toda minha boa disposição, pois estava muito fraco e sem forças para nada senão descansar. Herger explicou:

– Esta noite, o dragão-pirilampo atacará novamente. Mas agora estamos fracos demais, e nosso número reduzido. Nossas defesas estão queimadas e destruídas. O dragão-pirilampo nos matará a todos.

Ele pronunciou estas palavras calmamente. Notei isto e falei para Herger:

– Para onde, então, nós cavalgamos? – Eu tinha em mente que, em virtude de suas pesadas perdas, Buliwyf e seu grupo poderiam estar deixando o reino de Rothgar. Não obtive resposta.

Herger me disse:

– Um lobo que deita em sua toca nunca obtém alimento, ou um homem adormecido uma vitória. – Este é um provérbio nórdico, e dele aprendi um plano diferente: que iríamos a cavalo atacar os monstros da névoa no seu próprio reduto, nas montanhas ou colinas. Sem muito ânimo, perguntei a Herger quando seria isso, o que ele só me contou na metade do dia.

Agora vi também que uma criança entrava no vestíbulo, trazendo nas mãos um objeto de pedra, que foi examinado por Herger. Era outra das esculturas de pedra de uma mulher grávida sem cabeça, inchada e feia. Herger praguejou e deixou a pedra cair de suas mãos trêmulas. Ele chamou a escrava, que pegou a pedra e a pôs no fogo, onde o calor das chamas a rachou e estilhaçou em fragmentos.

Estes fragmentos foram então lançados ao mar, ou assim fui informado por Herger.

Perguntei qual era o significado da pedra esculpida.

– É a imagem da mãe dos devoradores dos mortos – explicou Herger –, que tem ascendência sobre eles e os comanda no ato de comer.

Agora vi que Buliwyf, de pé no centro do grande vestíbulo, olhava para o braço de um dos demônios, que continuava pendente dos caibros. Depois olhou para baixo, para os dois corpos dos companheiros mortos, e para o moribundo Rethel, e seus ombros caíram e seu queixo afundou no peito. E depois caminhou passando por eles e saiu pela porta, e eu o vi colocar sua armadura, pegar a espada e preparar-se para a nova batalha.

O DESERTO DO PAVOR

BULIWYF PEDIU SETE CAVALOS robustos e no início do dia cavalgamos do grande vestíbulo do rei Rothgar até a planície, e daí até as colinas além. Conosco iam também quatro cães de caça de um branco imaculado, animais grandes que eu consideraria mais lobos do que propriamente cachorros, tão feroz era o seu comportamento. Isto constituía a totalidade de nossa ofensiva, e achei que era uma pobre demonstração contra um inimigo tão poderoso, embora os nórdicos depositassem grande fé na surpresa e num ataque furtivo. Mas justiça lhes seja feita: cada um deles valia por três ou quatro homens.

Eu não estava disposto a me engajar em mais uma aventura de guerra, e me espantava que os nórdicos não levassem em conta tal opinião, atribuindo-a à minha fadiga física.

– É sempre assim, agora e no Valhalla – disse Herger, referindo-se à idéia que eles faziam de céu. Neste céu, que é para eles um grande vestíbulo, os guerreiros combatem da aurora à noitinha; depois, aqueles que estão mortos revivem, e todos partilham uma festa à noite, com comida e bebida infindáveis. E quando vem o dia tornam a combater; e aqueles que morrem são revividos, e há uma festa; e esta é a natureza do seu céu através de toda a eternidade.* Deste

---

* Algumas autoridades em mitologia argumentam que os escandinavos não deram origem a esta ideia de uma batalha eterna, mas sim que este é um conceito celta. Seja qual for a verdade, é perfeitamente razoável que os companheiros de Ibn Fadlan tivessem adotado este conceito, pois os escandinavos estiveram em contato com os celtas por mais de 150 anos àquela época.

modo eles nunca acham estranho combater dia após dia durante a vida terrena.

Nossa direção foi determinada pela trilha de sangue que os cavaleiros em retirada tinham deixado desde a noite. Os cães de caça iam à frente, correndo ao longo desta gotejante trilha vermelha. Fizemos uma única parada na planície, para recuperar uma arma largada pelos demônios em fuga. Eis como era esta arma: era uma machadinha com cabo de madeira e uma lâmina de pedra lascada, amarrada ao cabo com tiras de couro. O gume desta machadinha era extremamente afiado e a lâmina modelada com habilidade, como se esta pedra fosse uma gema preciosa a ser lapidada para satisfazer a vaidade de uma dama rica. Tal era o grau do acabamento, e a arma era terrível pela agudeza de seu gume. Nunca antes vi um objeto semelhante na face de toda a terra. Herger disse-me que os monstros da névoa faziam todas as suas ferramentas e armas desta pedra, ou assim acreditam os nórdicos.

Continuamos em frente com boa velocidade, guiados pelos cães que latiam, e seu latido me animava. Por fim chegamos às colinas. Cavalgamos nas colinas sem hesitação ou cerimônia, cada um dos guerreiros de Buliwyf decidido em seu propósito; um grupo de homens calados e de face implacável. As marcas do medo permaneciam em seus rostos, mas mesmo assim nenhum homem parava ou vacilava, mas, ao contrário, avançava.

Agora estava frio nas colinas, nas florestas as árvores eram de um verde-escuro. Um vento gélido penetrava nossa roupa, e vimos o resfolegar sibilante dos corcéis, e penachos brancos da respiração dos cães que corriam, e, ainda assim, nos apressamos. Após viajarmos até a metade do dia, chegamos a uma paisagem nova. Aqui havia um lago de água salobra, nada de charneca ou urzal – uma terra desolada, mais parecendo um deserto, embora não arenosa e seca, mas úmida e encharcada. E sobre esta terra pairavam os mais débeis tufos de névoa. Os nórdicos chamam este lugar de o deserto do pavor.*

Agora vi com meus próprios olhos que esta névoa pairava sobre a terra em pequenos bolsões ou agrupamentos, como nuvens finas assentadas sobre a terra. Em uma área o ar era límpido; depois, em outro lugar, havia pequenas névoas que pairavam perto do solo, à altura dos joelhos dos cavalos, e nesse ponto perdemos de vista os cachorros, que estavam envoltos nessas névoas. Então, um instante depois, a névoa clarearia, e ficaríamos de novo em outro espaço aberto. Assim era a paisagem da charneca.

Achei esta visão extraordinária, mas os nórdicos não viam nada de especial: eles diziam que a terra daquela região tinha muitos lagos salobros e fontes termais borbulhantes, que se elevavam de fendas no solo; nesses locais junta-se um pequeno nevoeiro, que ali permanece por todo o dia e noite. Eles chamam este local de lagos fumegantes.

A terra é difícil para cavalos, e fizemos um lento progresso. Os cães também se aventuravam mais lentamente, e notei que latiam com menos vigor. Logo o nosso grupo mudou por completo: de pleno galope, com cães uivantes na dianteira, passamos a um trote lento, com os cães silenciosos dificilmente dispostos a liderar a marcha, em vez disso recuando, até ficarem sob as patas dos cavalos, provocando assim alguma dificuldade ocasional. Continuava muito frio, na verdade mais frio do que antes, e eu via aqui e ali um pequeno trecho de neve sobre o solo,

---

* Literalmente, "deserto do pavor". Num jornal de 1927, J.G. Tomlinson salientou que exatamente a mesma frase aparece na *Volsunga Saga* e, portanto, argumentou por fim que representava um termo genérico para terras proibidas. Tomlinson aparentemente não sabia que a *Volsunga Saga* não menciona nada semelhante; a tradução do século XX de William Morris contém de fato a frase "Existe um deserto do pavor nos confins do mundo", mas é uma frase da própria lavra de Morris, aparecendo em uma das muitas passagens onde ele se estende sobre a saga original germânica.

embora este fosse, pelo meu melhor reconhecimento, o período de verão.

Em trote lento, prosseguimos por uma distância considerável, e especulei se estaríamos perdidos, sem nunca mais encontrar nosso caminho de volta através da charneca. Agora os cães pararam. Não havia diferença no terreno, ou qualquer marca ou objeto sobre o solo; mesmo assim os cães pararam como se tivessem chegado a uma cerca ou barreira palpável. Nosso grupo fez alto neste local, e olhou em torno, nesta ou naquela direção. Não havia vento nem sons, nem sequer o som de pássaros ou qualquer animal vivente, apenas silêncio.

– Aqui começa a terra do *wendol* – disse Buliwyf, e os guerreiros deram tapinhas nos pescoços dos cavalos para confortá-los, pois estavam assustadiços e indóceis. Tal como os cavaleiros, Buliwyf mantinha os lábios comprimidos; as mãos de Ecthgow tremiam enquanto ele segurava as rédeas do cavalo. Herger ficara quase pálido, e seus olhos dardejavam por este ou aquele caminho; tal como os outros, à sua maneira.

"O medo tem uma boca branca", costumam dizer os nórdicos, e agora vi que era verdade, pois a palidez rodeava seus lábios e bocas. Nenhum deles falava de seu medo.

Agora deixamos os cães para trás, e cavalgamos em frente para mais neve, que estava fina e estalante sob os pés, e para névoas mais densas. Nenhum homem falava, a não ser para os cavalos. A cada passo se tornava mais difícil incitar os animais a prosseguir; os guerreiros viram-se obrigados a apressá-los com palavras suaves e chutes nem tanto. Logo vimos formas sombrias na névoa à nossa frente, das quais nos acercamos com cautela. Agora vi com meus próprios olhos o seguinte: em ambos os lados da trilha, fixados no alto de sólidos postes, estavam os crânios de animais enormes, suas mandíbulas abertas numa postura de ataque. Continuamos, e vi que eram crânios de ursos gigantes, venerados pelo *wendol*. Herger me disse que os crânios de urso protegem as fronteiras da terra de *wendol*.

Agora avistamos outro obstáculo, cinzento, distante e extenso. Era uma rocha gigante, da altura de uma sela de cavalo, e estava esculpida na forma de uma mulher grávida, com barriga e seios protuberantes, e sem cabeça, braços ou pernas. Esta rocha estava manchada com o sangue de alguns sacrifícios; na verdade, estrias vermelhas gotejavam, e era horrível olhar para aquilo.

Ninguém falou do que foi visto. Cavalgamos em passo acelerado. Os guerreiros sacaram suas espadas e as mantiveram preparadas. Esta é uma qualidade dos nórdicos: inicialmente demonstraram medo, mas, tendo entrado na terra do *wendol*, perto da fonte do medo, suas próprias apreensões desapareceram. Assim, eles parecem fazer todas as coisas às avessas e de maneira espantosa, pois na verdade agora se mostravam calmos. Somente os cavalos é que continuavam relutantes em prosseguir.

Senti agora o mesmo odor de carcaça apodrecida que sentira antes no grande vestíbulo de Rothgar, e à medida que atingia de novo minhas narinas, eu ficava acovardado. Herger cavalgava ao meu lado e disse em voz suave:

– Como se sente?

Incapaz de ocultar minhas emoções, respondi:

– Estou com medo.

– Isto é porque pensa no que está por vir – replicou Herger – e imagina coisas medonhas que gelariam o sangue de qualquer homem. Não pense com antecedência, e contente-se em saber que nenhum homem vive para sempre.

Percebi a verdade de suas palavras.

– Na minha sociedade – falei – temos este ditado: "Agradeça a Alá, pois em Sua sabedoria Ele pôs a morte no fim da vida, e não no começo."

Herger sorriu a isto, e deu uma pequena gargalhada.

– No medo, até mesmo os árabes falam a verdade – disse ele e depois cavalgou à frente para contar minhas palavras a Buliwyf, que também achou graça. Os guerreiros de Buliwyf ficaram contentes por uma piada àquela altura.

Agora chegamos a uma colina e, alcançando o topo, paramos e olhamos para baixo, para o acampamento dos monstros da névoa. Eis o que jazia diante de nós, como vi com meus próprios olhos: havia um vale, e neste um círculo de toscas cabanas de barro e palha, pobres construções que uma criança faria, e no centro do círculo uma grande fogueira, ardendo a fogo lento. Embora não houvesse cavalos, nem animais, nem movimento, nenhum sinal de vida de qualquer espécie, foi o que vimos através da névoa fina em movimento.

Buliwyf desmontou e os guerreiros fizeram o mesmo, eu inclusive. Na verdade, meu coração batia e minha respiração era difícil enquanto olhava para o primitivo acampamento dos demônios. Falávamos em sussurros.

– Por que não há atividade? – perguntei.

– Os *wendols* são criaturas noturnas como corujas ou morcegos – disse Herger –, e dormem durante as horas do dia. Portanto estão dormindo agora, e vamos descer até lá e cair sobre eles, exterminá-los enquanto sonham.

– Somos muito poucos – repliquei, pois percebi que havia muitas cabanas lá embaixo.

– Somos o suficiente – disse Herger e depois deu-me um gole de hidromel, que bebi agradecido, louvando a Alá por aquilo não ser proibido, ou mesmo desaconselhado.* Na verdade, estava achando minha língua receptiva até mesmo a esta beberagem que eu antes considerava desprezível; portanto, coisas estranhas deixam de ser estranhas com a repetição. De modo semelhante, eu não mais sentia

---

* A injunção islâmica contra o álcool é literalmente uma injunção contra o fruto fermentado da videira, ou seja, o vinho. Bebidas fermentadas de mel são especificamente permitidas aos muçulmanos.

o abominável fedor do *wendol,* pois já o experimentara por um tempo considerável e nem mais percebia o odor.

O povo do Norte é muito peculiar no que se refere ao cheiro. Eles não são limpos, como já disse; e comem e bebem todo o tipo de porcarias; ainda assim é verdade que valorizam o nariz acima de todas as partes do corpo. Perder uma orelha na batalha é coisa insignificante; a perda de um dedo ou da mão, um pouco menos; e eles suportam com indiferença tais cicatrizes e ferimentos. Mas a perda do nariz eles consideram igual à própria morte, mesmo que seja um pedaço da ponta carnuda, que para outros povos é um ferimento de menor importância.

A fratura dos ossos do nariz em combates é irrelevante; muitos deles têm narizes tortos devido a isto. Desconheço a razão deste temor em ter o nariz decepado.*

Revigorados, os guerreiros de Buliwyf, eu entre eles, deixaram os cavalos na colina, mas eles não podiam ficar sozinhos, de tão assustados que estavam. Um do nosso grupo ficaria com eles, e tive esperança de ser escolhido para esta tarefa; no entanto ela coube a Haltaf, já que estava ferido e sem utilidade. Assim, descemos a colina com cautela, em

---

* A explicação habitual da psiquiatria para tais temores da perda de partes do corpo é que representam ansiedade de castração. Num trabalho de 1937, *Deformations of Body Image in Primitive Societies,* Engelhardt observa que muitas culturas são explícitas acerca desta crença. Por exemplo, os nanamanis do Brasil punem as agressões sexuais cortando fora a orelha esquerda; acredita-se que isso reduza a potência sexual. Outras sociedades dão importância à perda dos dedos ou, no caso dos nórdicos, do nariz. Há uma superstição comum em muitas sociedades segundo a qual o tamanho do nariz do homem reflete o tamanho do seu pênis.

Emerson argumenta que a importância conferida ao nariz pelas sociedades primitivas reflete uma atitude residual dos dias em que os homens eram caçadores e dependiam extremamente do sentido de olfato para encontrar a caça e evitar inimigos; numa vida assim, a perda do nariz era realmente uma grave lesão.

meio à fraca vegetação enfezada e arbustos agonizantes da encosta que levava ao acampamento. O grupo se movia furtivamente e nenhum alarme foi dado, e em breve estávamos no coração da aldeia dos demônios.

Buliwyf nunca falava, mas dava todas as direções e ordens com as mãos. E dele captei a instrução para seguirmos em grupos de dois guerreiros, cada dupla em uma direção diferente. Herger e eu atacaríamos a cabana mais próxima, enquanto os outros cuidariam das demais. Esperamos até que os grupos se posicionassem do lado de fora das cabanas, e então, com um grito, Buliwyf ergueu sua grande espada Runding e liderou o ataque.

Lancei-me com Herger para dentro de uma das cabanas, o sangue latejando em minha cabeça, a espada leve como pena em minhas mãos. Na verdade, eu estava pronto para o maior combate da minha vida. Nada vi lá dentro; a cabana estava vazia, despojada e árida, exceto por dois toscos leitos de palha, tão deselegantes em sua aparência que mais pareciam ninhos de algum animal.

Arremetemos para fora e atacamos a próxima cabana. Também estava vazia. Na verdade, todas as cabanas estavam vazias, e os guerreiros de Buliwyf extremamente vexados, olhando um para o outro com expressão de surpresa e espanto.

Depois Ecthgow nos chamou e nos reunimos numa das cabanas, maior que as demais. E aqui eu vi que estava tão deserta quanto as outras, mas seu interior não era despojado. Pelo contrário, o chão da cabana estava coberto de ossos frágeis, que tinham sido esmigalhados com os pés como ossos de pássaros, delicados e quebradiços. Isto me surpreendeu, e parei para ver que tipo de ossos eram.

Chocado, vi a linha curva de um olho socado aqui e uns poucos dentes ali. Na verdade estávamos sobre um tapete de ossos faciais humanos, e como provas adicionais desta terrível verdade, empilhados sobre uma parede da cabana estavam as partes da cabeça de crânios humanos, colocados invertidos como tantas tigelas de cerâmica, mas cintilando de branco. Eu me senti mal e saí para vomitar. Herger me disse que o *wendol* come o cérebro de suas vítimas, tal como um ser humano come ovos ou queijo. Este é o costume deles, desprezível de se contemplar desta maneira, porém autêntico.

Outros guerreiros nos chamaram e entramos em outra cabana. Vi o seguinte: a cabana estava despojada, exceto por uma grande cadeira parecida com um trono, esculpida de uma única e enorme peça de madeira. Esta cadeira tinha um alto espaldar, esculpido na forma de serpentes ou demônios. Ao pé da cadeira estavam espalhados ossos e crânios, e sobre os braços da cadeira, onde seu dono devia descansar as mãos, havia sangue e resquícios de uma substância gelatinosa e alvacenta, que era massa encefálica humana. O odor deste local era nauseante.

Ao redor desta cadeira havia pequenas esculturas grávidas, como as que descrevi antes: essas esculturas formavam um círculo ou perímetro em volta da cadeira.

— É aqui que ela reina — disse Herger e sua voz soou baixa e amedrontada.

Não fui capaz de entender o que ele queria dizer, e passei mal do coração e do estômago. Esvaziei meu estômago no solo. Herger, Buliwyf e os outros estavam também angustiados, embora nenhum deles vomitasse. Em vez disso, pegaram brasas incandescentes do fogo e incendiaram as cabanas. Elas arderam lentamente, por causa de sua umidade.

Em seguida, subimos a colina, montamos os cavalos e deixamos a região do *wendol*, abandonando o deserto do pavor. E todos os guerreiros de Buliwyf tinham agora uma aparência triste, pois o *wendol* os superara em astúcia, abandonando seu covil à expectativa do ataque, sem considerar a queima de suas moradas uma grande perda.

A CONSULTA COM O ANÃO

Retornamos pelo mesmo caminho, mas cavalgamos com maior velocidade, pois os cavalos agora estavam mais impacientes, e chegamos por fim ao pé das colinas e vimos a planície e, ao longe, à beira do oceano, a colônia e o grande vestíbulo de Rothgar.

Agora Buliwyf virou-se e nos conduziu em outra direção, para os altos penhascos escarpados varridos pelos ventos do oceano. Eu cavalgava ao lado de Herger e perguntei-lhe qual o motivo disto, e ele disse que íamos procurar os anões da região.

Fiquei muito surpreso, pois os homens do Norte não têm anões em sua sociedade; eles nunca são vistos nas ruas, nem tomam assento aos pés dos reis, nem são encontrados contando dinheiro ou fazendo anotações, ou qualquer das tarefas típicas dos anões.* Nenhum nórdico jamais mencionou anões, e eu presumira que um povo tão gigante** jamais pudesse produzir anões.

Chegamos agora a uma região de cavernas, escavada e varrida pelo vento, e Buliwyf desmontou, sendo imitado por todos os guerreiros, e prosseguimos a pé. Ouvi um som

---

* No Mediterrâneo, desde os tempos dos egípcios, os anões eram considerados inteligentes e confiáveis, sendo a eles reservadas as tarefas de contabilidade e manuseio de dinheiro.

** De aproximadamente noventa esqueletos que podem ser confiantemente atribuídos ao período viking na Escandinávia, a altura média parece ser em torno de 1,70m.

sibilante, e na verdade vi lufadas de vapor se escoando de uma ou outra destas várias cavernas. Entramos em uma caverna e lá encontramos anões.

Sua aparência era assim: do tamanho habitual dos anões, mas distinguindo-se por cabeças enormes e feições sofridas que os faziam parecer excessivamente velhos. Havia homens e mulheres anões e todos tinham aparência bastante idosa. Os homens eram barbudos e solenes; as mulheres também tinham pêlos no rosto, parecendo homens. Cada anão usava um traje de pele ou zibelina; cada um usava também um fino cinto de couro decorado com pedaços de ouro forjado.

Os anões nos saudaram polidamente, sem sinal de medo. Herger disse que essas criaturas têm poderes mágicos e não temem nenhum homem da terra; todavia, receiam cavalos, por isso deixamos nossas montarias para trás. Herger disse também que os poderes de um anão residem neste cinto fino, e que um anão fará tudo para recuperá-lo, caso o tenha perdido.

Herger disse também o seguinte: que a aparência idosa entre os anões é uma coisa verdadeira, e que um anão tem uma longevidade maior que um homem comum. Também me disse que os anões são viris desde a mais tenra idade; que mesmo na infância têm pêlos na virilha e membros de tamanho incomum. De fato, é deste modo que os pais sabem de início que seu filho bebê é um anão, e uma criatura da magia, que deve ser levado para as colinas a fim de viver com outros de sua espécie. Isto feito, os pais agradecem aos deuses e sacrificam um ou outro animal, pois dar nascimento a um anão é considerado uma grande sorte.

Esta é a crença dos nórdicos, como Herger falou: não conheço a verdade sobre o assunto e relato apenas o que me foi contado.

Agora vi que o chiado e o vapor provinham de grandes caldeirões nos quais lâminas de aço forjado eram mergulhados para temperar o metal, pois os anões fabricam armas altamente apreciadas pelos nórdicos. De fato, vi os guerreiros de Buliwyf vasculhando ansiosamente as cavernas, como mulheres à procura de seda num bazar.

Buliwyf fez perguntas a essas criaturas e foi encaminhado à parte mais alta das cavernas, onde se sentava um único anão, mais velho que todos os outros, com barba e cabelo do branco mais puro, e um rosto vincado e enrugado. Este anão era chamado *tengol*, que significa um juiz do bem e do mal, e também um adivinho.

Este *tengol* devia ter os poderes mágicos que todos diziam, pois saudou imediatamente Buliwyf pelo nome, e convidou-o a sentar-se com ele. Buliwyf sentou-se, e ficamos reunidos a curta distância, de pé.

Buliwyf não deu presentes ao *tengol*; os nórdicos não são de muitas deferências com pessoas pequenas: eles acreditam que os favores dos anões devem ser concedidos voluntariamente, e que é errado estimular os favores dos anões com presentes. Assim, Buliwyf sentou-se, e o *tengol* olhou para ele, depois fechou os olhos e começou a falar, balançando-se para lá e para cá enquanto sentava. O *tengol* falava em voz alta como uma criança, e Herger revelou-me o que dizia:

— Ó Buliwyf, você é um grande guerreiro, mas encontrou seu igual nos monstros da névoa, os devoradores dos mortos. Esta será uma luta até a morte, e você precisará de toda a sua força e sabedoria para superar o desafio.

E ele continuou neste tom por um bom tempo, sempre se balançando. O que queria dizer era que Buliwyf enfrentava um adversário difícil, que eu já conhecia bem o suficiente, assim como o próprio Buliwyf. Ainda assim, Buliwyf era paciente.

Também vi que Buliwyf não se ofendia quando o anão ria dele, o que fazia com freqüência. O anão falou:

– Você teve de vir a mim porque atacou os monstros no pequeno lago pantanoso e salobro, e isto de nada adiantou. Por isso vem a mim para conselho e advertência, como uma criança procura seu pai, dizendo "o que farei agora, pois todos os meus planos fracassaram?" – O *tengol* riu longamente depois deste comentário. Depois, sua face velha ficou solene. – Ó Buliwyf – continuou –, eu vejo o futuro, mas não posso lhe dizer mais do que já sabe. Você e todos os seus valentes guerreiros reuniram sua habilidade e sua coragem para atacar os monstros no deserto do pavor. Nisto você se enganou, pois este não é o empreendimento de um verdadeiro herói.

Ouvi estas palavras com espanto, pois me parecera um ato bastante heróico.

– Não, não, nobre Buliwyf – continuou o *tengol*. – Você se empenhou numa falsa missão, e no fundo de seu coração de herói sabia que ela era indigna. Indigna também foi sua batalha contra o dragão-pirilampo Korgon, o que lhe custou valorosos guerreiros. Qual a finalidade de todos os seus planos?

Buliwyf continuou sem resposta. Ele sentou-se com o anão e esperou.

– O grande desafio de um herói – disse o anão – está no coração, e não no adversário. Que importa se você veio ao covil dos monstros e matou muitos deles durante o sono? Você poderia matar muitos, e mesmo assim isto não poria fim à luta, tal como cortar os dedos não matará um homem. Para matar um homem é preciso perfurar a cabeça ou o coração, e assim é com o *wendol*. Tudo isto você já sabe, sem precisar se aconselhar comigo.

Era deste modo, balançando-se, que o anão falava com Buliwyf. E deste modo Buliwyf aceitava a reprimenda, pois não tinha resposta, limitando-se a baixar a cabeça.

– Você fez o trabalho de um homem comum – continuou o *tengol* –, e não de um herói autêntico. Um herói faz o que nenhum homem ousa assumir. Para matar o *wendol*, você deve atacar a cabeça e o coração: deve derrotar a própria mãe dele, nas cavernas do trovão.

Não entendi o significado destas palavras.

– Você sabe disso, pois sempre foi a verdade, ao longo de todas as idades do homem. Todos os seus valentes guerreiros irão morrer, um por um? Ou vocês atacarão a mãe nas cavernas? Isto não é profecia, apenas a escolha de um homem ou de um herói.

Agora Buliwyf deu uma resposta, mas foi baixa e ficou perdida para mim no rugido do vento que assolava a entrada da caverna. Quaisquer que fossem as palavras, o anão tornou a falar:

– Esta é a resposta de um herói, Buliwyf, e eu não esperaria nenhuma outra de você. Portanto, ajudarei na sua procura.

Em seguida, um grupo de anões adiantou-se para a luz dos recessos sombrios da caverna. E traziam muitos objetos.

– Aqui – disse o *tengol* – estão rolos de corda, feita das peles das focas capturadas no primeiro degelo. Estas cordas irão ajudá-los a alcançar a entrada do oceano para as cavernas do trovão.

– Eu lhe sou grato – disse Buliwyf.

– E aqui também estão sete adagas – disse o *tengol* –, forjadas com vapor e magia, para você e seus guerreiros. Espadas grandes não serão úteis nas cavernas do trovão. Portem estas armas com bravura e conseguirão tudo que desejam.

Buliwyf pegou as adagas e agradeceu ao anão. Levantou-se.

– Quando faremos esta coisa? – perguntou.

– Ontem é melhor do que hoje – replicou o *tengol* –, e amanhã é melhor do que o dia que se segue. Portanto apressem-se e levem a cabo seus propósitos com coração firme e braço forte.

– E o que acontece se tivermos êxito? – perguntou Buliwyf.

– Aí o *wendol* será mortalmente ferido, e a agitação nos seus estertores será um tempo final, e depois desta última agonia a terra terá paz e a luz do sol virá para todo o sempre. E seu nome será cantado em glória em todos os vestíbulos das terras do Norte, para todo o sempre.

– Os feitos dos homens mortos também são cantados – replicou Buliwyf.

– Isto é verdade – disse o anão e riu de novo, o riso de uma criança ou mocinha. – E também os feitos dos heróis ainda vivos. Mas os feitos do homem comum nunca são cantados. Você sabe disso.

Buliwyf então partiu da caverna, e entregou a cada um de nós a adaga dos anões. Descemos os penhascos rochosos batidos pelo vento e retornamos ao reino e ao grande vestíbulo de Rothgar ao cair da noite.

Todas essas coisas aconteceram, e vi com meus próprios olhos.

OS EVENTOS DA NOITE ANTES DO ATAQUE

Nenhuma névoa baixou aquela noite; a neblina desceu das colinas mas estacionou entre as árvores, não se espalhando pela planície. No grande vestíbulo de Rothgar realizava-se uma grande festa, e Buliwyf e seus guerreiros participaram dela com grande júbilo. Dois enormes carneiros de chifres* foram abatidos e consumidos; cada homem bebeu grande quantidade de hidromel; o próprio Buliwyf estuprou meia dúzia ou mais de jovens escravas; mas, apesar da festa, nem ele nem seus guerreiros estavam verdadeiramente alegres. De vez em quando eu os via lançando olhares para as cordas de pele de foca e para as adagas dos anões que tinham sido colocadas de um lado.

Agora eu me juntei ao folguedo geral, pois me sentia como um deles, tendo passado muito tempo em sua companhia, ou assim parecia. De fato, naquela noite senti-me como se tivesse nascido nórdico.

Herger, muito embriagado, contou-me francamente sobre a mãe do *wendol*. Ele disse:

— A mãe do *wendol* é muito velha e mora nas cavernas do trovão. Estas cavernas ficam nas rochas dos penhascos, não longe daqui. As cavernas têm duas aberturas, uma do lado da terra e outra do lado do mar. Mas a entrada da terra é guardada pelo *wendol*, que protege sua velha mãe; portanto,

---

* Dahlmann (1924) escreve que "para ocasiões cerimoniais o carneiro era comido para aumentar a potência, uma vez que o macho chifrudo era considerado superior à fêmea". De fato, durante este período, tanto ovelhas quanto carneiros tinham chifres.

não podemos atacar a do lado da terra, pois seríamos todos mortos. Em vez disso, atacaremos a do mar.

– Qual é a natureza da mãe do *wendol* – indaguei.

Herger disse que nenhum nórdico conhecia a coisa, mas entre eles dizia-se que era velha, mais velha que a anciã que chamavam de anjo da morte; e também que era apavorante de se olhar; e também que usava serpentes sobre a cabeça, como uma grinalda; e também que era forte além do imaginável. E disse por fim que os *wendols* a chamavam para conduzi-los em todos os assuntos da vida.* Depois, Herger virou-se e dormiu.

---

* Joseph Cantrell observa que "há uma corrente na mitologia germânica e nórdica que sustenta que as mulheres têm poderes especiais, qualidades de magia, e deviam ser temidas pelos homens. Os deuses principais são todos homens, mas as Valquírias, que literalmente significam 'eleitoras da morte', eram mulheres que transportavam guerreiros mortos ao Paraíso. Acreditava-se que havia três Valquírias, assim como três Nornas ou Parcas, que estavam presentes no nascimento de cada homem, e determinavam o resultado de sua vida. As Nornas eram chamadas de Urth, o passado; Verthandi, o presente; e Skuld, o futuro. As Nornas 'teciam' o destino de um homem, e tecer era um trabalho de mulher; em representações populares elas eram mostradas como jovens donzelas. Wyrd, divindade anglo-saxônica que comandava o destino, era também uma deusa. Presumivelmente, a associação de mulheres com o destino do homem foi uma troca de antigas concepções das mulheres como símbolos da fertilidade; as deusas da fertilidade controlavam o crescimento e o desabrochar das colheitas e das coisas vivas na terra."

Cantrell também assinala: "Na prática, sabemos que a adivinhação, colocação de encantamentos e outras funções xamânicas eram reservadas a mulheres idosas na sociedade nórdica. Além disso, idéias populares acerca das mulheres contêm um pesado elemento de suspeição. Segundo o *Havamal*, 'ninguém deve confiar nas palavras de uma garota ou de uma mulher casada, pois seus corações foram modelados de uma roda giratória e elas são inconstantes por natureza'."

Bendixon diz: "Entre os primeiros escandinavos havia uma espécie de divisão de poder de acordo com o sexo. Os homens dirigiam as atividades físicas; as mulheres cuidavam dos assuntos psicológicos."

Agora aconteceu o seguinte: nas profundezas da noite, enquanto as celebrações arrastavam-se para um final e os guerreiros mergulhavam no sono, Buliwyf me procurou. Sentou-se ao meu lado e bebia hidromel de uma taça de chifre. Ele não estava embriagado, percebi, e falava devagar na língua dos nórdicos, para que eu pudesse entender.

Primeiro, ele disse:

– Você entendeu as palavras do *tengol* anão?

Respondi que sim com a ajuda de Herger, que agora ressonava perto de nós.

Buliwyf prosseguiu:

– Então sabe que morrerei. – Ele falou assim, com os olhos límpidos e o olhar firme. Eu não soube como responder, mas finalmente disse-lhe, à maneira nórdica:

– Não acredito em profecia até que ela dê frutos.*

Buliwyf disse:

– Você viu muito dos nossos costumes. Conte-me o que é verdade. Pode desenhar sons? – Respondi que sim. – Então zele pela sua segurança, e não seja valente demais. Você agora se veste e fala como um nórdico, e não como um estrangeiro. Cuide-se para sobreviver.

Pus a mão sobre o seu ombro, como tinha visto seus companheiros fazer em agradecimento. Ele sorriu.

---

* Esta é uma paráfrase de um sentimento entre os nórdicos, expresso plenamente como: "Não louve o dia até a chegada da noite; uma mulher até que ela seja queimada; uma espada até que seja testada; uma donzela até que esteja casada; o gelo até que ele seja transposto; a cerveja até que tenha sido bebida." Esta prudente, realista e um tanto cínica visão da natureza humana e do mundo era algo que escandinavos e árabes partilhavam. E, como os escandinavos, os árabes a expressam em termos mundanos ou satíricos. Há uma história sufista acerca de um homem que perguntou a um sábio: "Suponha que eu esteja viajando pelo campo e que tenha de fazer abluções no riacho. Para que direção devo me voltar enquanto realizo o ritual?" A isto, o sábio respondeu: "Para a direção das suas roupas, de modo que não sejam roubadas."

– Eu nada temo – disse –, e não preciso de conforto. Digo-lhe para zelar por sua própria segurança, por sua própria conta. Agora é mais sábio dormir.

Assim falando, ele se virou e dedicou sua atenção a uma garota escrava, que possuiu a menos de doze passos de onde eu estava sentado. Virei-me, ouvindo os gemidos e o riso desta mulher. E por fim caí no sono.

AS CAVERNAS DO TROVÃO

Antes que as primeiras faixas rosadas da aurora iluminassem o céu, Buliwyf e seus guerreiros, eu entre eles, cavalgaram para fora do reino de Rothgar e seguiram à beira do penhasco sobre o mar. Neste dia eu não me sentia disposto, pois a cabeça me doía; também sentia acidez no estômago devido às comemorações da noite. Certamente todos os guerreiros de Buliwyf estavam nas mesmas condições, embora nenhum mostrasse sinais destes desconfortos. Cavalgamos rapidamente ao longo da borda dos penhascos, que eram altos e assustadores em toda a sua extensão, e escarpados; numa camada de rocha cinzenta, eles mergulhavam no mar espumante e turbulento abaixo. Em alguns lugares ao longo deste litoral havia praias rochosas, mas com freqüência a terra e o mar se encontravam diretamente, e as ondas estrondeavam como um trovão sobre as rochas; e esta era a circunstância para a parte principal.

Vi Herger, que levava sobre seu cavalo as cordas de pele de foca dos anões, e cavalguei até emparelhar com ele. Perguntei-lhe qual era o nosso objetivo neste dia. Na verdade, não me importava muito, de tão fortemente minha cabeça doía e meu estômago queimava.

Herger me disse:

– Nesta manhã vamos atacar a mãe do *wendol* nas cavernas do trovão. Faremos isto atacando pelo mar, como já lhe disse ontem.

Enquanto cavalgava, eu olhava do cavalo para o mar abaixo, que colidia contra os penhascos.

– Vamos atacar de barco? – perguntei.

– Não – disse Herger, e bateu com a mão nas cordas de pele de foca.

Então compreendi que deveríamos descer os penhascos nas cordas, e assim, de alguma maneira, encontrar uma entrada para as cavernas. Eu estava muito assustado com esta perspectiva, pois nunca apreciara me aventurar em lugares altos; evitava até mesmo os prédios altos da Cidade da Paz. E revelei isto.

Herger me respondeu:

– Dê graças, pois você é afortunado.

Perguntei qual era a fonte de minha boa fortuna. Herger disse em resposta:

– Se você tem medo de lugares altos, então hoje irá superá-lo; e portanto terá superado um grande desafio; e será considerado um herói por isso.

– Não quero ser um herói – repliquei.

Ele riu e disse que eu expressava tal opinião somente por ser um árabe. Depois acrescentou que eu tinha uma cabeça de ressaca, o que no jargão nórdico significava a conseqüência da bebedeira. Isto era verdade, como já contei.

Era também verdade que eu estava muito aflito com a perspectiva de descer o penhasco. Na verdade, eu me sentia assim: que em vez de me lançar a qualquer ação sobre a face da terra – fosse deitar com uma mulher menstruada, beber de uma taça de ouro, comer os excrementos de um porco, arrancar meus olhos, até me matar – a todos ou qualquer dessas coisas eu deveria preferir à descida por aquele maldito penhasco. Eu também estava de péssimo humor, e disse a Herger:

– Você, Buliwyf e todos os guerreiros podem ser heróis do jeito que quiserem, mas não tenho de participar desta aventura, e não irei acompanhá-los.

Herger riu ao fim deste discurso. Depois chamou Buliwyf, e falou depressa; Buliwyf respondeu-lhe prontamente, por cima do ombro. Depois, Herger me falou:

– Buliwyf diz que você fará o mesmo que nós.

Na verdade, eu agora afundava no desespero, e disse a Herger:

– Não posso fazer isto. Se me obrigarem a fazê-lo, certamente morrerei.

– Morrerá por quê? – indagou Herger.

– Perderei minha firmeza nas cordas – repliquei.

Esta resposta fez Herger rir vigorosamente outra vez, e ele repetiu minhas palavras para todos os nórdicos, e todos riram do que eu tinha dito. Então Buliwyf pronunciou umas poucas palavras.

Herger me disse:

– Buliwyf diz que só perderá sua firmeza se soltar as cordas de suas mãos, e só um tolo faria isso. Buliwyf diz que você é um árabe, não um tolo.

Agora, eis aqui um verdadeiro aspecto da natureza dos homens: que, desta maneira, Buliwyf dizia que eu poderia me pendurar nas cordas; e que, por suas palavras, eu acreditava tanto quanto ele, o que consolava um pouquinho meu coração. A isto Herger disse, com as seguintes palavras:

– Cada pessoa suporta um medo que é especial para ela. Um homem teme um espaço fechado e outro tem medo de se afogar; cada um deles ri do outro, chamando-o de idiota. Assim, o medo é apenas uma preferência, tal como a preferência por uma mulher ou outra, ou por carneiro em vez de porco, ou repolho em vez de cebola. Medo é medo, costumamos dizer.

Eu não estava com ânimo para filosofias; disse isto a ele, pois na verdade eu estava mais próximo da raiva do que do medo. Herger agora riu na minha cara e falou:

– Dê graças a Alá por ter colocado a morte no fim da vida e não no começo.

Repliquei brevemente que não via vantagem em apressar o fim.

– Na verdade, nenhum homem vê – disse Herger e acrescentou: – Olhe para Buliwyf. Veja como ele monta ereto. Veja como cavalga à frente, embora saiba que morrerá em breve.

– Não sei se ele morrerá – respondi.

– Sim – disse Herger –, mas Buliwyf sabe.

Herger não falou mais nada, e cavalgamos à frente por um considerável período de tempo, até o sol ficar alto e brilhante no céu. Então, finalmente, Buliwyf fez sinal para pararmos. Todos desmontaram e se prepararam para entrar nas cavernas do trovão.

Eu sabia que estes nórdicos são excessivamente valorosos para cometer um erro, mas ao olhar para o precipício do penhasco abaixo de nós, meu coração se revirou dentro do peito, e pensei que iria vomitar a qualquer momento. Na verdade, o penhasco era absolutamente liso, sem o menor apoio para mãos e pés, e descaía por uns quatrocentos passos, talvez. Na verdade, as ondas que arrebentavam tão abaixo de nós pareciam ondas em miniatura, minúsculas como o mais delicado desenho de um artista. Embora eu soubesse que eram tão enormes quanto todas as ondas do mundo, uma vez que alguém descesse até aquele nível lá embaixo.

Para mim, descer por estes penhascos era uma loucura que ia além da loucura de um cão raivoso. Mas os nórdicos prosseguiam de maneira normal. Buliwyf supervisionou a colocação de robustas estacas no solo; nelas foram amarradas as cordas de pele de foca, cujas extremidades oscilantes foram jogadas por cima dos lados dos penhascos.

Na verdade, as cordas não eram compridas o bastante para uma descida tão longa; então foram puxadas de volta, e duas foram unidas para formar uma única que alcançasse as ondas lá embaixo.

No devido tempo, tínhamos duas dessas cordas pendendo sobre a superfície do penhasco. Buliwyf falou então para o grupo:

– Descerei primeiro. Assim, quando eu chegar ao fundo, todos saberão que as cordas são fortes e que a tarefa pode ser cumprida. Espero vocês no fundo, naquela saliência estreita que vêem lá embaixo.

Olhei para esta saliência estreita. Chamá-la de estreita é o mesmo que chamar um camelo de dócil. Era, na verdade, a mais escassa faixa de rocha lisa, continuamente lavada e batida pela arrebentação.

— Quando todos tivermos chegado ao fundo — disse Buliwyf —, poderemos então atacar a mãe do *wendol* nas cavernas do trovão. — Assim ele falou, numa voz tão trivial como aquela que comandaria um escravo na preparação de um prosaico cozido ou qualquer outra tarefa doméstica. Sem acrescentar mais nada, ele lançou-se pelo lado do penhasco.

Eis aqui como foi sua descida, que considerei notável, embora os nórdicos não achassem nada de especial. Herger me disse que eles usam este método para pegar ovos de aves marinhas em certas épocas do ano, quando essas aves constroem seus ninhos na face do penhasco. É feito do seguinte modo: uma tipóia é colocada em volta da cintura do homem que desce, e todos os companheiros se esforçam para baixá-lo pelo penhasco. Enquanto isso, este mesmo homem agarra, como apoio, uma segunda corda, que balança na face do penhasco. Além disso, o homem que desce carrega um forte bastão de carvalho, tendo uma das pontas presa em torno do pulso como uma correia ou tira de couro; ele usa este bastão como espeto para se impulsionar para lá e para cá enquanto desce a superfície rochosa.*

À medida que Buliwyf descia, tornando-se cada vez menor para meus olhos, vi que ele manobrava muito agilmente com a tipóia, a corda e o bastão; mas eu não me iludia pensando nisto como algo trivial, pois vi que era difícil e exigia prática.

---

* Nas ilhas Faeroe da Dinamarca um modo similar de escalar penhascos é ainda empregado para coletar ovos, uma importante fonte de alimento para os ilhéus.

Por fim, ele alcançou o fundo a salvo e ficou de pé na saliência estreita, com a arrebentação explodindo sobre ele. Na verdade, ele estava tão diminuto que mal pudemos vê-lo acenar com a mão, sinalizando que estava a salvo. Agora a tipóia foi puxada para cima, e com ela o bastão de carvalho. Herger virou-se para mim, dizendo:

– Você é o próximo.

Repliquei que estava indisposto. Disse também que desejava ver outro homem descer, a fim de estudar melhor a manobra da descida.

Herger disse:

– Cada descida fica mais difícil, porque a cada vez vai ter menos gente aqui em cima para baixar um homem. O último homem deve descer sem a tipóia, e este será Ecthgow, pois tem braços de ferro. É um sinal de nosso favor permitirmos que você seja o segundo a descer. Vá agora.

Vi em seus olhos que não havia esperança de protelar, e portanto eu mesmo me ajeitei na tipóia e peguei o bastão em minhas mãos, que estavam escorregadias de suor; e todo o meu corpo estava da mesma forma escorregadio de suor; e eu tremia ao vento quando me baixei pela borda do penhasco e vi pela última vez os cinco nórdicos se esforçando na corda, e depois os perdi de vista. Fiz minha descida.

Eu tencionava fazer muitas preces a Alá, e também gravar no olho da minha mente, na memória da minha alma, as muitas experiências que um homem deve suportar enquanto pende de cordas debaixo de um penhasco rochoso batido pelo vento. Uma vez fora de vista os amigos nórdicos acima, esqueci todas as minhas intenções e sussurrei "Alá seja louvado" vezes e mais vezes, como uma pessoa irracional, ou tão velha que o cérebro não funciona mais, ou uma criança, ou um tolo.

Na verdade, recordo muito pouco de tudo que transpirou. Somente isto: que o vento sopra uma pessoa para um lado e outro através da rocha, e em tal velocidade que o olho não pode focalizar a superfície, que é um borrão cinzento, e que muitas vezes eu batia na rocha, chocalhando meus ossos, arranhando minha pele; e uma vez bati de cabeça e vi pontos brancos brilhantes como estrelas diante de meus olhos. Pensei que ia fraquejar, mas tal não aconteceu. E no devido tempo, o qual na verdade me pareceu como toda a duração de minha vida, e mais, alcancei o fundo. Buliwyf abraçou-me pelo ombro e disse que eu me saíra bem.

Agora a tipóia foi alçada; e as ondas quebravam sobre mim e Buliwyf a meu lado. Eu lutava para manter o equilíbrio sobre esta saliência escorregadia, e isto tanto ocupou minha atenção que não observei os outros descendo o rochedo. Meu único desejo era este: impedir de ser varrido para o mar. Na verdade, vi com meus próprios olhos que as ondas eram mais altas que três homens de pé um sobre o outro, e que quando cada onda arrebentava eu ficava por um momento desnorteado num redemoinho de água gelada e força rodopiante. Muitas vezes fui derrubado por estas ondas; estava encharcado por todo o corpo e tremia tão intensamente que meus dentes estrepitavam como um cavalo a galope. Não podia pronunciar palavras porque os dentes chocalhavam.

Agora todos os guerreiros de Buliwyf tinham descido, e todos a salvo; Ecthgow foi o último a chegar, pela força bruta de seus braços, e quando por fim parou, suas pernas tremiam sem controle, tal como um homem estremece nos estertores da morte; esperamos alguns instantes até que ele se refizesse.

Então Buliwyf falou:

– Desceremos até a água e nadaremos até a caverna. Serei o primeiro. Carreguem suas adagas entre os dentes, de modo que os braços fiquem livres para enfrentar a correnteza.

Estas palavras de nova loucura me atingiram num momento em que não poderia suportar nada mais. A meus olhos, o plano de Buliwyf era o máximo de insensatez. Eu via as ondas se quebrando, explodindo sobre rochas pontudas; via as ondas refluírem com o arranco da força de um gigante, apenas para recuperar seu poder de arremeter de novo à frente. Na verdade, observei e acreditei que nenhum homem poderia nadar naquela água, mas que em vez disso teria os ossos moídos num instante.

Mas não protestei, pois estava além de qualquer compreensão. No meu modo de pensar, eu já estava tão próximo da morte que não importava se chegasse mais perto ainda. Portanto prendi a adaga no cinto, pois meus dentes chocalhavam demais para eu poder levá-la na boca. Quanto aos nórdicos, eles não davam sinal de frio ou fadiga, mas saudavam cada nova onda como um revigorante; também sorriam com a feliz expectativa da batalha iminente, e por isto eu os odiei.

Buliwyf observou o movimento das ondas, escolhendo o momento propício, e então pulou na arrebentação. Hesitei e alguém – sempre acreditei que foi Herger – me empurrou. Caí fundo no mar redemoinhante, de uma frieza de entorpecer; na verdade fiquei rodopiando de cabeça para baixo e lateralmente também; não via mais nada que não água verde. Depois percebi Buliwyf batendo os pés no fundo do mar; fui atrás dele, que nadou através de uma espécie de passagem nas rochas. Imitei-o em todas as coisas. Esta era a maneira.

Após um momento, a arrebentação refluiu atrás dele, tentando puxá-lo para o mar aberto, e a mim também. Buliwyf agarrou-se a uma rocha com ambas as mãos, para lutar contra a correnteza, o que também fiz. Agarrei-me às pedras vigorosamente, com meus pulmões a ponto de estourar. Depois, num instante, a onda voltou, e fui impulsionado para a frente com espantosa velocidade, ricocheteando em rochas e obstáculos. E então, novamente, o vagalhão mudou, e refluiu como fizera antes; e fui obrigado a seguir o exemplo de Buliwyf e me agarrar às rochas. É verdade que meus pulmões queimavam como fogo, e no fundo do coração eu sabia que não poderia continuar por muito mais tempo neste mar gelado. Então o vagalhão se lançou para a frente, e fui arremessado de ponta-cabeça, bati aqui e ali, e depois, de súbito, estava à tona e inspirando ar.

Na verdade, isto ocorreu com tamanha rapidez que fiquei tão surpreso a ponto de não pensar em sentir alívio, que era um sentimento; nem pensei em agradecer a Alá por minha boa sorte em ter sobrevivido. Enchi os pulmões de ar, e a toda a minha volta os guerreiros de Buliwyf fizeram o mesmo, trazendo à tona as cabeças.

Eis o que vi agora: estávamos numa espécie de tanque ou lago, no interior de uma caverna com um domo rochoso e liso e uma entrada para o mar que acabáramos de atravessar. Diretamente acima estava um espaço rochoso plano. Vi três ou quatro formas escuras agachadas em torno de um fogo; essas criaturas entoavam um cântico em vozes altas. Agora entendi por que chamavam o lugar de caverna do trovão, pois a cada estrondo da arrebentação o som reverberava com tal intensidade na caverna que os ouvidos doíam e o próprio ar parecia sacudido e comprimido.

Neste lugar, nesta caverna, Buliwyf e os guerreiros fizeram o seu ataque; juntei-me a eles, e com nossas adagas curtas matamos os quatro demônios na caverna. Eu os vi claramente pela primeira vez, à luz bruxuleante do fogo, cujas chamas saltavam loucamente a cada pancada da arrebentação trovejante. O aspecto desses demônios era o seguinte: eles pareciam iguais aos homens em todos os aspectos, mas não como qualquer homem sobre a face da terra. Eram criaturas baixas, largas e atarracadas, e peludas em todas as partes do corpo, exceto a palma das mãos, as solas dos pés e as faces. Suas faces eram muito dilatadas, com bocas e mandíbulas grandes e proeminentes, e de um feio aspecto; suas cabeças também eram maiores que as cabeças dos homens normais. Os olhos eram encovados e as sobrancelhas espessas, não devido a excesso de pêlo, mas de osso; e também tinham dentes grandes e pronunciados, embora, na verdade, os dentes de muitos deles fossem afiados e achatados.

Em outros aspectos de sua estrutura corporal e quanto aos órgãos sexuais e orifícios diversos, também eram como os homens.* Uma das criaturas custou a morrer e formou alguns sons com sua língua, que aos meus ouvidos pareceram uma espécie de idioma; mas não pude identificá-lo, e repito não ter convicção sobre o assunto.

Buliwyf agora examinou as quatro criaturas mortas, com sua pele grossa e fosca; depois ouvimos um cântico fantasmagórico e ressonante, um som que se elevava e caía em sincronia com a pancada trovejante da arrebentação, e este som vinha dos recessos da caverna. Buliwyf conduziu-nos para as profundezas.

Lá deparamos com três das criaturas, prostradas sobre o solo, os rostos impelidos para a terra e as mãos erguidas em súplica a uma criatura velha oculta nas sombras. Estes suplicantes entoavam um cântico e não perceberam nossa chegada. Mas a criatura nos viu, e gritou horrendamente à nossa aproximação. Imaginei que esta criatura fosse a mãe do *wendol*, mas se era mulher, não vi sinal disto, pois estava velha ao ponto de não ter sexo definido.

Buliwyf lançou-se sozinho sobre os suplicantes e matou a todos, enquanto a mãe-criatura recuava para as sombras e gritava horrivelmente. Não pude vê-la direito, mas uma coisa é verdade: ela estava rodeada de serpentes, que coleavam a seus pés, sobre suas mãos, e em volta do pescoço. Estas serpentes silvavam e agitavam as línguas; enquanto estavam em torno dela, sobre seu corpo e também no solo, nenhum guerreiro de Buliwyf ousou fazer uma aproximação.

---

* Esta descrição das características físicas do *wendol* acendeu um debate profético. Ver Apêndice.

Então Buliwyf a atacou, e a criatura deu um grito pavoroso enquanto ele enfiava a adaga firme em seu peito, pois estava indiferente às serpentes. Golpeou muitas vezes a mãe do *wendol* com a adaga. Mas a mulher não sucumbia, e sim continuava sempre de pé, embora o sangue jorrasse dela como se de uma fonte, dos vários ferimentos que Buliwyf lhe infligira. E o tempo todo ela gritava o mais medonho dos sons.

Então, por fim, ela caiu morta, e Buliwyf virou-se para os guerreiros. Agora vimos que esta mulher, a mãe dos devoradores dos mortos, o havia ferido. Um grampo de prata, semelhante a um grampo de cabelo, estava enterrado em seu estômago; este mesmo grampo tremia a cada batimento cardíaco. Buliwyf arrancou-o, e houve um jorro de sangue. Ainda assim, ele não caiu de joelhos mortalmente ferido, mas em vez disso permaneceu de pé e deu ordem para deixarmos a caverna.

Nós o fizemos, pela segunda entrada na direção da terra; esta entrada estivera guarnecida, mas todos os guardas do *wendol* haviam fugido diante dos gritos de sua mãe à morte. Partimos sem que nos importunassem. Buliwyf levou-nos das cavernas e de volta a nossos cavalos, e depois caiu por terra.

Ecthgow, com uma expressão tristonha muito incomum entre os nórdicos, providenciou a improvisação de uma padíola* e com isto carregamos Buliwyf através dos campos até o reino de Rothgar. E Buliwyf manteve o bom humor e alegria por todo o trajeto; não entendi muitas das coisas que falou, mas num momento ouvi-o dizer:

– Rothgar não ficará feliz em nos ver, pois terá de preparar outro banquete, e a esta altura ele é um anfitrião muito exaurido. – Os guerreiros riram a isto e a outras palavras de Buliwyf. Vi que seu riso era sincero.

---

* *Lectulus*.

Chegamos ao reino de Rothgar, onde fomos recebidos com saudações e felicidade, e não tristeza, embora Buliwyf estivesse horrivelmente ferido, e sua carne arroxeada, seu corpo trêmulo, e seus olhos iluminados pelo brilho de uma alma doente e febril. Eu não conhecia bem estes sinais, e o mesmo se dava com os nórdicos.

Trouxeram-lhe uma tigela de caldo de cebola, que ele recusou, dizendo:

– Estou com a doença da sopa; não se preocupem por minha causa. – Depois ele pediu uma comemoração, e insistiu em presidi-la, sentando-se escorado no sofá de pedra ao lado do rei Rothgar, e bebeu hidromel e estava feliz. Eu estava a seu lado quando disse ao rei Rothgar, em meio à festança:

– Eu não tenho escravos.

– Todos os meus escravos são seus escravos – replicou Rothgar.

Então, Buliwyf disse:

– Não tenho cavalos.

– Todos os meus cavalos são seus – respondeu Rothgar. – Não pense mais nessas coisas.

E Buliwyf, seus ferimentos atados, estava feliz; e sorria, e a cor voltava às suas faces aquela noite. De fato, ele parecia ficar mais forte a cada minuto da noite. E embora eu não achasse possível, ele arrebatou uma garota escrava e mais tarde me disse, como piada:

– Um homem morto não tem serventia para ninguém.

E depois Buliwyf caiu num sono, e sua cor tornou-se mais pálida e a respiração mais superficial; temi que nunca mais despertasse do seu sono. Ele também deve ter pensado isto, pois enquanto dormia aferrava fortemente a espada em sua mão.

O *WENDOL* NOS ESTERTORES DA MORTE

Portanto caí no sono também. Herger me acordou com estas palavras:

– Você tem que vir depressa.

Eu ouvia agora o som de um trovão distante. Olhei pela janela de bexiga* e vi que o dia ainda não nascera, mas empunhei minha espada: na verdade, eu adormecera de armadura e tudo, não me preocupando em removê-la. Depois me apressei para fora. Era a hora antes do alvorecer, e o ar estava denso e nevoento, e enchia-se com o trovão de distante tropel.

Herger me explicou:

– O *wendol* está vindo. Os demônios já sabem dos ferimentos mortais de Buliwyf, e vêm buscar uma desforra final pela morte de sua mãe.

Cada um dos guerreiros de Buliwyf, eu entre eles, posicionou-se no perímetro das fortificações que erguemos contra o *wendol*. Essas defesas eram fracas, embora não tivéssemos nenhuma outra. Vislumbramos em meio à névoa os cavaleiros galopando sobre nós. Esperei sentir um grande medo, mas tal não ocorreu, pois eu tinha visto o aspecto do *wendol* e sabia que eram criaturas, se não humanas, parecidas o bastante com homens, como os

---

* *Fenestra porcus:* literalmente, "janela de porco". Os nórdicos usavam membranas esticadas em vez de vidro para cobrir as janelas estreitas; essas membranas eram translúcidas. Podia-se não se ver muito bem através delas, mas a luz penetrava nas casas.

macacos costumam ser; mas eu sabia que eram mortais, que podiam morrer.

Assim, não tive medo, somente ansiedade por esta batalha final. Portanto eu era o único, pois vi que os guerreiros de Buliwyf exibiam muito medo; e isto apesar de seus esforços para ocultá-lo. Na verdade, do mesmo modo como tínhamos matado a mãe do *wendol*, que era sua líder, também perdêramos Buliwyf, que era nosso próprio líder, e não havia animação enquanto aguardávamos e ouvíamos o trovão se aproximando.

E então ouvi uma comoção atrás de mim, e ao me voltar vi o seguinte: Buliwyf, pálido como a própria névoa, vestido de branco e com ataduras nos seus ferimentos, ficou de pé ereto sobre a terra do reino de Rothgar. E sobre seus ombros assentavam-se dois corvos negros, um de cada lado; e a esta visão os nórdicos anunciaram aos gritos a sua chegada, e ergueram as armas no ar e gritaram pela batalha.*

Buliwyf nada falou agora, nem olhou para qualquer lado; nem deu sinal de reconhecer qualquer homem; mas

---

* Esta seção do manuscrito está reunida com o manuscrito Razi, cujo interesse principal eram as técnicas militares. Quer Ibn Fadlan soubesse ou não, ou tenha registrado, a importância do reaparecimento de Buliwyf é desconhecida. Certamente Razi não o incluiu, embora a importância seja bastante óbvia. Na mitologia nórdica, Odin é popularmente representado levando um corvo em cada ombro. Estes pássaros lhe trazem todas as notícias do mundo. Odin era a principal divindade do panteão nórdico e considerado o Pai Universal. Ele reinava especialmente em assuntos de guerra; acreditava que, de tempos em tempos, apareceria entre os homens, embora raramente nesta forma de deus, preferindo assumir a aparência de um simples viajante. Dizia-se que um inimigo ficaria assustado simplesmente por sua presença.

Interessante é que existe uma história sobre Odin na qual ele é morto e ressuscita nove dias depois; muitas autoridades crêem que esta idéia antecede qualquer influência cristã. Em qualquer caso, o Odin ressuscitado continuava mortal, e acreditava-se que um dia iria fatalmente morrer.

caminhou à frente com passos medidos, além da linha de fortificações, e ali esperou a investida violenta do *wendol*. Os corvos voaram, e ele empunhou sua espada Runding e enfrentou o ataque.

Não há palavras que descrevam o ataque final do *wendol* no despontar da névoa. Palavras não dirão quanto sangue foi derramado, que gritos encheram o ar denso, quantos cavalos e cavaleiros morreram em horrível agonia. Com meus próprios olhos vi Ecthgow, com seus braços de aço: na verdade sua cabeça foi decepada pela espada de um demônio e rolou pelo chão como uma quinquilharia, a língua ainda se agitando na boca. Também vi Weath ser trespassado por uma lança no peito; em seu caminho ele foi cravado no solo, e ali se retorceu como um peixe tirado da água. Vi uma garota pisoteada pelos cascos de um cavalo, seu corpo esmagado e sangue escorrer do ouvido. Vi também uma mulher, uma escrava do rei Rothgar: seu corpo foi cortado destramente em dois enquanto ela corria de um cavaleiro em sua perseguição. Vi muitas crianças morrerem de modo igual. Vi cavalos sem cavaleiros empinarem e caírem no fosso, para serem atacados por velhos e mulheres, que matavam as criaturas enquanto estavam atordoadas e indefesas. Também vi Wiglif, o filho de Rothgar, fugir da luta e esconder-se covardemente. Não vi o arauto aquele dia.

Eu mesmo matei três dos monstros, e sofri uma estocada de lança no ombro, cuja dor era como um mergulho no fogo; meu sangue fervia por toda a extensão do braço e também dentro do meu peito; pensei que iria baquear, mas mesmo assim continuei lutando.

Agora o sol irrompeu através da névoa, e a aurora era plena sobre nós; a névoa foi embora e os cavaleiros desapareceram. Na ampla luz do dia vi corpos por toda parte, inclusive muitos corpos dos demônios do *wendol*, pois não haviam recolhido seus mortos. Isto realmente simbolizava o seu fim, pois estavam desnorteados e não poderiam voltar a atacar Rothgar, e todo o povo do reino de Rothgar sabia o que isto significava e festejou.

Herger banhou meu ferimento e estava eufórico, até que carregaram o corpo de Buliwyf até o grande vestíbulo de Rothgar. Buliwyf estava mais do que morto: seu corpo fora retalhado por lâminas de uma dúzia de adversários; o rosto e feições estavam embebidos em seu próprio sangue ainda quente. Herger irrompeu em lágrimas a esta visão. Escondeu o rosto de mim, mas não havia necessidade, pois eu mesmo sentia lágrimas toldando minha visão.

Buliwyf jazia diante do rei Rothgar, cuja obrigação era fazer um discurso. Mas o velho não estava em condições. Limitou-se a dizer:

– Aqui está um guerreiro e um herói adequado para os deuses. Enterrem-no como um grande rei.

Em seguida, deixou o vestíbulo. Acredito que se sentia envergonhado por não ter participado da luta. Além do mais, seu filho Wiglif tinha fugido como um covarde, e muitos haviam testemunhado a fuga, que consideravam uma atitude de mulher, e isto também deve ter envergonhado o pai. Ou devia haver outro motivo que ignoro. Na verdade, ele estava velho demais.

Agora ocorreu que Wiglif falou para o arauto em voz baixa:

– Este Buliwyf nos deu muito trabalho. Ainda bem que morreu ao fim de tudo isto. – Ele assim falou quando seu pai já havia deixado o vestíbulo.

Herger ouviu estas palavras, e eu também, que fui o primeiro a sacar a espada. Herger me disse:

– Não lute contra este homem, pois ele é uma raposa, e você tem ferimentos.

– E quem se importa com isto? – repliquei e desafiei Wiglif ali mesmo. Ele sacou sua espada. Nesse instante, Herger me desferiu um potente chute ou uma espécie de golpe por trás, e, como eu estava desprevenido, caí esparramado no chão, e então Herger entrou em luta com Wiglif. O arauto também pegou em armas, e moveu-se dissimuladamente, tentando posicionar-se atrás de Herger e matá-lo pelas costas. Eu mesmo matei o arauto, enterrando minha espada profundamente em sua barriga. O arauto gritou no exato instante em que foi trespassado. Wiglif ouviu o grito, e embora estivesse lutando corajosamente antes, agora demonstrava muito medo em seu combate com Herger.

Mas então o rei Rothgar ouviu o entrechoque das espadas e voltou ao vestíbulo, ordenando que acabassem com aquilo. Mas seus esforços foram em vão. Herger estava determinado em seu propósito. Na verdade, eu o vi proteger o corpo de Buliwyf e brandir a espada contra Wiglif, ferindo-o mortalmente. Wiglif caiu sobre a mesa de Rothgar, agarrou a taça do rei e levou-a aos lábios. Mas na verdade ele morreu sem beber, e assim tudo terminou.

Do grupo de Buliwyf, que tivera antes treze homens, só restavam quatro. Eu entre eles, colocamos Buliwyf debaixo de um telhado de madeira, deixando uma taça de hidromel em suas mãos. Depois Herger disse para o povo reunido:

– Quem irá morrer com este homem nobre?

Uma mulher, escrava do rei Rothgar, ofereceu-se para morrer com Buliwyf. Os preparativos habituais dos nórdicos foram então feitos.

Embora Ibn Fadlan não especifique qualquer passagem de tempo, vários dias provavelmente transcorreram antes da cerimônia fúnebre.

Agora um navio foi posto à nossa disposição na praia abaixo do vestíbulo de Rothgar, com ouro e prata nele depositados, e também duas carcaças de cavalos. E uma tenda foi erguida, com Buliwyf, agora na rigidez da morte, colocado dentro. Seu corpo tinha a cor negra da morte neste clima frio. Depois, a garota escrava foi levada a cada um dos guerreiros de Buliwyf, eu inclusive, e tivemos relações carnais com ela, que me disse: "Meu amo lhe agradece." Seu aspecto e maneiras eram os mais alegres, de uma espécie que excedia a habitual alegria que aquela gente demonstrava. Enquanto ela vestia novamente suas roupas, roupas estas que incluíam muitos magníficos ornamentos em ouro e prata, eu lhe disse que era muito agradável.

Eu achava que ela era uma linda e jovem donzela que muito em breve iria morrer, o que ela sabia tanto quanto eu. Ela me disse:

– Estou feliz porque logo irei ver meu amo.

Mesmo sem ter bebido hidromel, ela estava sendo sincera. Seu semblante brilhava como o de uma criança feliz, ou o de certas mulheres quando estão com criança; esta era a natureza da coisa.

Portanto, eu disse:

– Quando encontrar seu amo, diga-lhe que vivi para escrever. – Não sei se ela havia compreendido estas palavras. – Era o desejo de seu amo – concluí.

– Então direi a ele – falou ela e, mais feliz ainda, foi para o próximo guerreiro de Buliwyf. Não sei se ela entendeu o que eu quis dizer, pois o único sentido de escrita que esses nórdicos conhecem é o entalhe em madeira ou pedra, que eles fazem muito raramente. E minha fala na língua nórdica também não era clara. Ainda assim, ela ficou contente e continuou.

À noitinha, enquanto o sol se punha no mar, o navio de Buliwyf estava preparado na praia e a donzela foi levada para a tenda a bordo. A anciã chamada de anjo da morte enfiou a adaga entre suas costelas, enquanto eu e Herger puxávamos a corda para estrangulá-la. Depois a sentamos ao lado de Buliwyf e saímos.

Eu não comera nem bebera durante todo o dia, pois sabia que deveria participar dessas tarefas e não queria sofrer o embaraço de vomitar. Mas não senti repulsa por nenhuma das ações do dia, nem fiquei fraco ou aparvalhado. Por isto estava secretamente orgulhoso. É verdade também que, no momento de sua morte, a jovem sorriu, e esta expressão permaneceu depois, de modo que sentava-se ao lado do seu amo com este mesmo sorriso em seu rosto pálido. O rosto de Buliwyf estava escuro e seus olhos fechados, mas sua expressão era calma. Assim, vi pela última vez estas duas pessoas nórdicas.

Agora o navio de Buliwyf foi posto em chamas e empurrado para o mar, e os nórdicos, parados sobre a praia pedregosa, fizeram muitas invocações a seus deuses. Vi com meus próprios olhos o navio ser carregado pela correnteza como uma pira ardente e depois perder-se de vista, e a escuridão da noite caiu sobre as terras do Norte.

O REGRESSO DO PAÍS DO NORTE

Passei mais algumas semanas na companhia dos guerreiros e nobres do reino de Rothgar. Foi um tempo agradável, pois as pessoas foram graciosas e hospitaleiras, e muito atenciosas com meus ferimentos, que curaram bem, graças a Alá. Mas em breve tive o desejo de retornar à minha própria terra. Comuniquei ao rei Rothgar que era o emissário do califa de Bagdá e que devia completar a missão a mim confiada, ou incorreria na sua ira.

Nada disto sensibilizou Rothgar, que disse que eu era um guerreiro valoroso, que ele desejava que eu permanecesse em suas terras, para viver a vida digna de um guerreiro honrado. Disse que eu era seu amigo para todo o sempre, e que teria qualquer coisa que desejasse e que estivesse ao seu alcance. Ainda assim, ele relutava em me deixar partir e arranjava todos os tipos de desculpas e adiamentos. Rothgar disse que eu devia cuidar dos meus ferimentos, embora eles já tivessem sarado plenamente; disse também que eu devia recobrar minhas forças, embora elas já estivessem nitidamente restauradas. Por fim, disse que eu devia aguardar que o navio fosse equipado, o que não significava providências; e quando, passado algum tempo, lhe perguntei se tal navio já estava equipado, o rei deu uma resposta vaga, como se isto não lhe interessasse muito. E tempos depois, quando o pressionei para partir, ele se irritou e indagou se eu estava insatisfeito com sua hospitalidade; a isto fui obrigado a responder com louvações a sua gentileza e toda a variedade de expressões de contentamento. Muito em breve, achei que o velho rei era menos idiota do que eu pensara anteriormente.

Fui procurar Herger para falar do meu apuro, e disse a ele:

– Este rei não é tão idiota quanto eu havia imaginado.

Herger disse em resposta:

– Você está errado, pois ele é um idiota e não age com bom senso. – E Herger prometeu que providenciaria com o rei a minha partida.

Eis como aconteceu. Herger solicitou uma audiência em particular com o rei Rothgar, e disse-lhe que ele era um grande e sábio governante, amado e respeitado pelo povo, devido ao modo como conduzia os assuntos do reino e o bem-estar do seu povo. Esta lisonja amaciou o velho. Herger agora disse-lhe que dos cinco filhos do rei apenas um sobrevivia, e este era Wulfgar, que fora enviado a Buliwyf como mensageiro, e que agora permanecia distante. Herger disse que Wulfgar deveria ser chamado para casa, e que um grupo fora organizado com este propósito, pois não havia outro herdeiro que não Wulfgar.

Assim Herger falou ao rei. Acredito que também tenha falado umas palavras em particular com a rainha Weilew, que exercia muita influência sobre o marido.

Então, durante um banquete noturno, Rothgar pediu a equipagem de um navio e uma tripulação, para trazer Wulfgar de volta ao reino. Pedi para fazer parte da tripulação, e isto o velho rei não poderia me negar. A preparação do navio exigiu muitos dias, e passei boa parte deste tempo com Herger, que optara por permanecer ali.

Um dia, paramos sobre os penhascos para observar o navio na praia, enquanto era preparado para a viagem e abastecido de provisões. Herger me disse:

– Você está iniciando uma longa jornada. Faremos preces para sua proteção.

Perguntei a quem ele faria preces, e Herger respondeu:

– A Odin, Frey, Thor e Wyrd, e a vários outros deuses que podem influenciar na segurança de sua jornada. – Estes são os nomes dos deuses nórdicos.

Repliquei:

– Só creio em um único Deus, que é Alá, o Todo-Misericordioso e Compassivo.

– Sei disso – retrucou Herger. – Talvez um único deus seja o bastante lá nas suas terras, mas não aqui; aqui temos muitos deuses e cada um tem a sua importância, de modo que iremos orar a todos eles em seu benefício.

Agradeci a ele por isto, pois as preces de um infiel são igualmente boas se elas são sinceras, e eu não duvidava da sinceridade de Herger.

Herger sabia há muito que minha fé era diferente da dele, mas à medida que a hora da minha partida se aproximava, ele fez muitas perguntas sobre minhas crenças, e em momentos inusitados, pensando em me pegar desprevenido e descobrir a verdade. Considerei suas muitas perguntas como uma espécie de teste, como Buliwyf certa vez testara meu conhecimento de escrita. Eu sempre lhe respondia da mesma maneira, aumentando assim sua perplexidade.

Um dia ele me disse, sem demonstrar que já perguntara anteriormente:

– Qual é a natureza do seu deus Alá?

– Alá é o único Deus – respondi –, que reina sobre todas as coisas, tudo vê, tudo sabe, e dispõe sobre todas as coisas. – Estas palavras eu já dissera antes.

Após um momento, Herger perguntou:

– Você nunca teve raiva deste Alá?

– Já, mas Ele é todo-clemente e misericordioso.

– Quando isto combina com seus propósitos?

Eu disse que era assim mesmo, e Herger avaliou minha resposta. Finalmente disse, com um sacudir de cabeça:

– O risco é grande demais. Um homem não pode depositar demasiada fé numa coisa só, seja uma mulher, um cavalo, uma arma, qualquer coisa única.

– Ainda assim, eu creio – falei.

– Como achar melhor – replicou Herger –, mas há coisas demais que o homem não sabe. E aquilo que o homem não sabe é a província dos deuses.

Deste modo vi que ele nunca seria convencido da minha crença, nem eu da dele, e portanto nos despedimos. Na verdade, foi uma despedida triste, e fiquei deprimido ao deixar Herger e os guerreiros remanescentes. Herger também sentiu isto. Agarrei seu ombro, e ele o meu, e depois embarquei no navio negro, que me levaria embora da terra de Dans. Enquanto este navio, com sua resoluta tripulação, deslizava para fora das praias de Venden, tive uma visão dos reluzentes telhados do grande vestíbulo Hurot, e, virando-me, do cinzento e vasto oceano à nossa frente. Agora aconteceu

> *O manuscrito termina abruptamente neste ponto, o final de uma página transcrita, com as concisas palavras finais "nunc fit", e embora haja nitidamente mais para o manuscrito, passagens não foram descobertas. Claro que isto é o mais puro acidente histórico, mas cada tradutor comentou sobre a estranha adequação deste final abrupto, que sugere o começo de alguma nova aventura, alguma nova estranha visão, que, pelas razões arbitrárias dos últimos mil anos, nos será negada.*

APÊNDICE
OS MONSTROS DA NÉVOA

Como enfatizou William Howells, é um acontecimento bastante raro um animal morrer de uma maneira tal que seja preservado como um fóssil pelos séculos vindouros. Isto é especialmente verdadeiro em se tratando de um animal pequeno, frágil e terrestre como o homem, e o registro fóssil dos homens primitivos é notavelmente escasso.

Diagramas da "árvore genealógica humana" em livros didáticos sugerem uma certeza de conhecimento que é ilusória; a árvore é enxugada e revisada a cada poucos anos. Um dos mais polêmicos e complicados ramos desta árvore é aquele usualmente rotulado de "homem de Neandertal".

Ele herda seu nome do vale na Alemanha onde os primeiros vestígios de seu tipo foram descobertos, em 1856, três anos antes da publicação de *A origem das espécies*, de Darwin. O mundo vitoriano indignou-se com os vestígios esqueléticos, enfatizando a rude e animalesca aparência do homem de Neandertal; até hoje o próprio termo, na imaginação popular, é sinônimo de tudo que é bronco e bestial na natureza humana.

Foi com uma espécie de alívio que eruditos antigos decidiram que o homem de Neandertal tinha "desaparecido" cerca de 35 mil anos atrás, sendo substituído pelo homem de Cro-Magnon, cujos vestígios esqueléticos supostamente mostram tanta delicadeza, sensibilidade e inteligência quanto o homem de Neandertal mostrava irracional monstruosidade. A presunção geral era que o superior e moderno homem de Cro-Magnon matou o de Neandertal.

Mas a verdade é que temos muito poucos bons exemplos do homem de Neandertal em nosso material esquelético – de mais de oitenta fragmentos conhecidos, somente cerca de doze estão completos o bastante, ou datados cuidadosamente o suficiente, para garantir um estudo sério. Não podemos realmente dizer com alguma certeza o quanto ele foi uma forma definida, ou o que aconteceu com ele. E um exame recente da prova esquelética tem questionado a crença vitoriana nesta monstruosa aparência semi-humana.

Em seu estudo de 1957, Straus e Cave escreveram: "Se ele pudesse ser reencarnado e colocado no metrô de Nova York – devidamente banhado, barbeado e vestido com roupas modernas – é duvidoso se iria atrair alguma atenção a mais que qualquer de seus outros habitantes."

Outro antropólogo assinalou mais francamente: "Você acharia que ele tinha um ar brigão, mas não impediria sua irmã de casar com ele."

A partir daqui, é apenas um curto passo em direção àquilo em que alguns antropólogos já acreditam: que o homem de Neandertal, como uma variante anatômica do homem moderno, nunca desapareceu de todo, mas ainda está entre nós.

Uma reinterpretação dos vestígios culturais associados ao homem de Neandertal apóia uma visão benigna do sujeito. Antropólogos do passado ficaram grandemente impressionados com a beleza e a profusão dos desenhos em cavernas aparecidos inicialmente com a chegada do homem de Cro-Magnon; tanto quanto qualquer prova esquelética, estes desenhos tendem a reforçar a noção de uma nova e maravilhosa sensibilidade substituindo a quinta-essência da "incultura em estado bruto".

Mas o homem de Neandertal foi marcante em sua própria luta. Sua cultura, chamada moustieriana –

novamente derivada de um sítio, Lê Moustier, na França –, caracteriza-se por trabalho em pedra quase de alta ordem, muito superior a qualquer nível cultural anterior. E agora é reconhecido que o homem de Neandertal teve também ferramentas de osso.

Mais impressionante de tudo, o homem de Neandertal foi o primeiro de nossos ancestrais a enterrar ritualmente seus mortos. Em Lê Moustier, um adolescente foi colocado numa trincheira, em posição de dormir; foi abastecido com um suprimento de ferramentas de sílex, um machado de pedra e carne assada. Que estes materiais eram para uso do falecido em alguma vida após a morte, é fato inconteste para muitos antropólogos.

Há outra prova de sentimento religioso: na Suíça existe um santuário para o urso da caverna, uma criatura cultuada, respeitada, e também comida. E na caverna de Shanidar, no Iraque, um Neandertal foi enterrado com flores na sepultura.

Tudo isto aponta para uma atitude voltada para a vida e a morte, uma visão autoconsciente do mundo, que jaz no âmago daquilo que acreditamos distinguir o homem pensante do resto do mundo animal. Baseados em prova existente, devemos concluir que o homem de Neandertal foi o primeiro homem a demonstrar tal atitude.

A reavaliação geral do homem de Neandertal coincide com a redescoberta do contato de Ibn Fadlan com os "monstros da névoa"; sua descrição dessas criaturas é sugestiva da anatomia Neandertal, e levanta a questão: a forma Neandertal desapareceu de fato da terra milhares de anos atrás, ou esses homens primitivos permaneceram nos tempos históricos?

Argumentos baseados em analogias apoiam os dois lados. Há exemplos históricos de um punhado de povos com cultura tecnologicamente superior aniquilados por uma sociedade mais primitiva em questão de anos; isto é em boa parte o caso do contato europeu com o Novo Mundo. Mas existem também exemplos de sociedades primitivas existindo em áreas isoladas, ignoradas por povos vizinhos mais evoluídos e civilizados. Uma tribo assim foi descoberta recentemente nas Filipinas.

O debate acadêmico sobre as criaturas de Ibn Fadlan pode ser elegantemente resumido pelas opiniões de George Wrightwood, da Universidade de Oxford, e E. D. Goodrich, da Universidade de Filadélfia. Wrightwood diz [1971]: "O relato de Ibn Fadlan nos fornece uma descrição perfeitamente aproveitável do homem de Neandertal, coincidindo com o registro fóssil e nossas suposições acerca do nível cultural desses homens primitivos. Deveríamos aceitá-la imediatamente, não tivéssemos já decidido que esses homens desapareceram sem deixar traços há uns trinta ou quarenta mil anos. Deveríamos recordar que só acreditamos neste desaparecimento porque não encontramos fósseis de uma data posterior, e a ausência de tais fósseis não significa que eles não existiram de fato.

"Objetivamente, não existe uma razão *a priori* para negar que um grupo Neandertal pudesse ter sobrevivido muito depois numa região isolada da Escandinávia. Em qualquer caso, esta pressuposição é a que melhor se ajusta à descrição do texto árabe."

Goodrich, um paleontólogo bastante conhecido por seu ceticismo, assume o ponto de vista contrário [1972]: "A acurácia geral do relato de Ibn Fadlan pode nos tentar a fazer vista grossa a certos excessos em seu manuscrito. Eles são muitos, e se originam tanto de precondições culturais quanto do desejo de impressionar de um contador de histórias. Ele chama os vikings de gigantes quando certamente não eram; enfatiza a sujeira e aspectos da bebedeira de seus anfitriões, que observadores menos exigentes não encontram. Em seu relato dos supostos monstros do "*wendol*", ele dá grande importância ao seu excesso de pêlos e aparência animalesca, quando, de fato, eles não foram tão peludos ou animalescos. Podem ter sido simplesmente uma tribo de *Homo sapiens,* vivendo em isolamento e sem o nível de obtenção cultural manifestado pelos escandinavos.

"Existe evidência interna, em meio ao manuscrito de Ibn Fadlan, a apoiar a noção de que os 'monstros' são realmente *Homo sapiens.* As estatuetas de mulher grávida descritas pelo árabe são altamente sugestivas dos entalhes e estatuetas pré-históricos encontrados nos sítios da indústria aurignaciana, na França, e nos achados gravettianos em Willendorf, Áustria, Nível 9. Tanto os níveis culturais aurignacianos quanto gravettianos estão essencialmente associados com o homem moderno, e não com o Neandertal.

"Nunca devemos esquecer que, para observadores destreinados, diferenças *culturais* são com freqüência interpretadas como diferenças *físicas*, e ninguém precisa ser particularmente ingênuo para cometer este erro. Assim, até a década de 1880 era possível para europeus cultos se perguntarem em voz alta se os negros nas primitivas sociedades africanas poderiam ser considerados seres humanos, afinal, ou se representavam alguma combinação esquisita de homens e macacos. Nem deveríamos esquecer até que ponto sociedades com graus de desenvolvimento cultural muito diferentes podem coexistir: tais contrastes aparecem hoje na Austrália, por exemplo, onde as idades da pedra e do jato podem ser encontradas em estreita proximidade. Assim, interpretando as descrições de Ibn Fadlan, não precisamos postular um remanescente Neandertal, a menos que estejamos caprichosamente inclinados a fazê-lo."

No fim, os argumentos tropeçam numa bem conhecida limitação para o próprio método científico. O físico Gerhard Robbins observa que "estritamente falando, nenhuma hipótese ou teoria pode ser um dia provada. Pode apenas ser refutada. Quando afirmamos acreditar numa teoria, o que realmente queremos dizer é que somos incapazes de demonstrar que a teoria está errada – não que sejamos capazes de demonstrar, além de qualquer dúvida, que a teoria está certa.

"Uma teoria científica pode se manter por anos, mesmo séculos, e pode acumular centenas de pedaços de evidência comprobatória para apoiá-la. Embora uma teoria seja sempre vulnerável, e um único achado conflitante seja tudo que se requer para desordenar a hipótese e exigir uma nova teoria. Pode-se nunca saber quando tal evidência conflitante irá surgir. Talvez ocorra amanhã, talvez nunca. Mas a história da ciência está juncada de ruínas de edifícios poderosos derrubados por um acidente, ou uma trivialidade."

Isto é o que Geoffrey Wrightwood quis dizer quando afirmou no Sétimo Simpósio Internacional sobre Paleontologia Humana, realizado em 1972, em Genebra: "Tudo que preciso é de um crânio, ou do fragmento de um crânio, ou de um pedaço de mandíbula. De fato, tudo que preciso é de um bom dente, e a discussão está concluída."

Até que a evidência esquelética seja encontrada, a especulação continuará, e qualquer um pode adotar seja qual for a atitude que satisfaça uma sensação interior da adequação das coisas.

FONTES

I. FONTES PRIMÁRIAS

Yakut ibn-Abdallah MS, um léxico geográfico, 1400. N°⁵ 1403A-1589A, Archives University Library, Oslo, Noruega.

Trad.: Blake, Robert, e Frye, Richard; in *Byzantina – Metabyzantina: A Journal ofByzantine and Modern Greek Studies,* Nova York, 1947.

Cook, Albert S.; Nova York, 1947.

Fraus-Dolus, Per; Oslo, 1959-1960.

Jorgensen, Olaf; 1971, não-publicado.

Nasir, Seyed Hossein; 1971, não-publicado.

St. Petersburg MS, umahistória local; publicado pela Academiade São Petersburgo, 1823. N°⁵ 233M-278M, Archives University Library, Oslo, Noruega.

Trad.: Fraus-Dolus, Per; Oslo, 1959-1960.

Stenuit, Roger; 1971, não-publicado.

Soletsky, V.K; 1971, não-publicado.

Ahmad Tusi MS, um estudo geográfico, 1047, anotações de J. H. Emerson. N°ˢ LV 1-114, Archives University Library, Oslo, Noruega.

Trad.: Fraus-Dolus, Per; Oslo, 1959-1960.

Nasir, Seyed Hossein; 1971, não-publicado.

Hitti, A. M.; 1971, não-publicado.

Amin Razi MS, uma história de guerra, 1585-1595, anotações de J. H. Emerson. Nᵒˢ LV 207-244, Archives University Library, Oslo, Noruega.

Trad.: Fraus-Dolus, Per; Oslo, 1959-1960.
Bendixon, Robert; 1971, não-publicado.
Porteus, Eleanor; 1971, não-publicado.

Xymos MS, uma geografia fragmentária, ? data, doação ao espólio de A. G. Gavras. Nᵒˢ 2308T-2348T, Archives University Library, Oslo, Noruega.

Trad.: Fraus-Dolus, Per; Oslo, 1959-1960.
Bendixon, Robert; 1971, não-publicado.
Porteus, Eleanor; 1971, não-publicado.

II. FONTES SECUNDÁRIAS

Berndt, E., e Berndt, R. H. "An Annotated Bibliography of References to the Manuscript of Ibn Fadlan de 1794 a 1970", *Acta Archaeologica*, VI: 334-389, 1971.

Esta extraordinária compilação remeterá o leitor interessado a todas as fontes secundárias relativas ao manuscrito, que apareceram em inglês, norueguês, sueco, dinamarquês, russo, francês, espanhol e árabe pelas datas citadas. O número total de fontes listadas é de 1.042.

III. OBRAS DE REFERÊNCIA GERAL

As seguintes são apropriadas para o leitor comum, sem nenhuma especial formação arqueológica ou histórica. Só são citados trabalhos em inglês.

Wilson, D. M. *The Vikings*, Londres, 1970.

Brondsted, J. *The Vikings*, Londres, 1960, 1965.

Arbman, H. *The Vikings*, Londres, 1961.

Jones, G. *A History of the Vikings*, Londres, 1968.

Sawyer, P. *The Age of the Vikings*, Londres, 1962.

Foote, P. G., e Wilson, D. M. *The Viking Achievement*, Londres, 1970.

Kendrick, T. D. *A History of the Vikings*, Londres, 1930.

Azhared, Abdul *Necronomicon* [ed. H. P. Lovecraft], Providence, Rhode Island, 1934.

Rocco **L&PM** POCKET

Akropolis – Valerio Massimo Manfredi
O álibi – Sandra Brown
Assédio sexual – Michael Crichton
Bella Toscana – Frances Mayes
Como um romance – Daniel Pennac
Devoradores de mortos – Michael Crichton
Emboscada no Forte Bragg – Tom Wolfe
A identidade Bourne – Robert Ludlum
O parque dos dinossauros – Michael Crichton
Sob o sol da Toscana – Frances Mayes
Sol nascente – Michael Crichton
Trilogia da paixão – J. W. von Goethe
A última legião – Valerio Massimo Manfredi
As virgens suicidas – Jeffrey Eugenides

IMPRESSÃO:

GRÁFICA EDITORA
Pallotti
IMAGEM DE QUALIDADE

Santa Maria - RS - Fone/Fax: (55) 3220.4500
www.pallotti.com.br